闪开，
舒展·著

别动我的男人
SHANKAIBIEDONGWODENANREN

北京理工大学出版社
BEIJING INSTITUTE OF TECHNOLOGY PRESS

图书在版编目（CIP）数据

闪开，别动我的男人 / 舒展著. —北京：北京理工大学出版社，2011.6
ISBN 978-7-5640-4385-8

Ⅰ.①闪… Ⅱ.①舒… Ⅲ.①故事-作品集-中国-当代 Ⅳ.①I247.8

中国版本图书馆 CIP 数据核字（2011）第 054817 号

出版发行 / 北京理工大学出版社
社　　址 / 北京市海淀区中关村南大街 5 号
邮　　编 / 100081
电　　话 / (010)68914775(办公室) 68944990(批销中心) 68911084(读者服务部)
网　　址 / http://www.bitpress.com.cn
经　　销 / 全国各地新华书店
印　　刷 / 三河市文昌印刷装订厂
开　　本 / 710 毫米×1000 毫米 1/16
印　　张 / 16.25
字　　数 / 180 千字
版　　次 / 2011 年 5 月第 1 版 2011 年 5 月第 1 次印刷　　责任校对 / 陈玉梅
定　　价 / 26.00 元　　　　　　　　　　　　　　　　　　责任印制 / 边心超

前 言

中国几千年的发展史，不光是男人征伐战斗、建功立业的奋斗史，也是女人与小三、小四战斗的血泪史。

不同的是，从前的女人，尤其是正房，只能眼睁睁地看着小三高调地穿梭于丈夫周围，侵占自己的劳动成果，瓜分自己的爱，却不能潇洒地赏她一巴掌。因为那有违女子不妒忌的美德，也有失大房的风范。

可现在不一样了，小三越来越猖狂、越来越明目张胆，原配们要想不下台，就得想办法让她们滚蛋。这是一个你死我活的战场，什么仁义道德、宽容忍让，都是废话！让人蹬鼻子上脸地欺负，最后再登堂入室，可就太窝囊了。

上位的小三在笑，下堂的老婆在哭，这个天理难容的"杯具"究竟是谁导演的？怪男人们太花心？怪小三太无耻？不，在结果面前，一切理由都显得很可笑。正如同我们不能决定出身，却能改变命运一样，小三既然有办法一举上位，老婆们同样有本事力挽狂澜，守住自己的婚姻。

"男人"这种生物，天生对平淡的生活不热衷。他喜欢刺激、喜欢征服、喜欢新鲜，所以你别去抱怨他背弃了你们的爱情、抛弃了

你们曾经一起经历的故事，他面对的敌人是岁月催生出来的厌倦，所以他服从了内心的欲望。你们都没有错，错的只是认知不一样：他无法始终如一地爱你备受摧残的容颜，而你则在安守平淡而幸福的生活，于是就造成了一种伤感的现象：对方想要的生活彼此都给不了。于是，小三就来了。

可同样地，要一个男人下定决心跟老婆离婚，也是很费工夫的。但凡养得起"小三"的男人，大部分都是有点资本的。那么，他的智商跟他口袋里的钱也是成正比的，尤其是白手起家创业的那类人。所以，他背着老婆养小三是一回事，肯不肯让老婆下堂又是另外一回事。而且，这些出轨男人心里也有数：当初老婆跟他的时候，没图他的钱，可小三就说不好了。万一她爱的真是钱，那他休掉原配岂不是很不划算？特别是在原配无甚过错的情况下，本着"跟谁过都是过"的准则，非重大刺激下，他们觉得不离婚、有外遇还是一种蛮不错的生活状态。电影、电视上，丈夫被妻子抓包之后，常常满不在乎又理直气壮地说："我跟她就是玩玩，逢场作戏，你生什么气啊？老公还是你的！"

瞧瞧，在男人这种普遍的心态之下，能成功转正的小三们心计之深就显而易见了。远的不说，就近几年，有位歌坛一哥不就是起初想玩玩，后来被逼离婚了吗？这样的小三，恐怕是所有女人的噩梦吧？

不过，也没必要慌，一物降一物，任何事都有其克制之法。只要"参透"了小三们常用的伎俩，真出了事，也能从容应对。古往今来，有那么多祸国殃民的小三"珠玉在前"，现如今的若干"出轨门"与之相比简直都是小 case。

其实，男人和女人之间，说穿了就是那么点儿事。荷尔蒙的旺盛期有限，等那股子劲冷下来之后，想要细水长流，靠的还是大脑。她会装纯，就让她装呗！你也曾经"纯"过，自然分得清真纯假纯，那就更明白怎么让她露馅；她有姿色有活力，你有阅历有定力，打起持久战你更有胜算……

争的不只是男人，还有一口气。不管你是不是想离开这个男人，"打"小三都是必要的！这是一个立场问题，就像你当了兵就得背上保家卫国的使命一样。你是这个男人的结发妻子，你曾经无怨无悔地辅助他，他的全部财产有你一半，他是你孩子的父亲……这种种的理由都足以让你不择手段地去"对付"小三。

你是一个母亲，是一个妻子，你得像母狼一样守住自己的地盘。如果你不能"痛打"小三，就等着她来接收你的胜利果实吧：深爱的丈夫，你陪他打下的江山，你的孩子已经习惯了的幸福生活……可怕的不是小三，是你失去了理智和勇气。

还是那句话：不管你是不是想离开这个男人，"打"小三都是必要的！

目 录

楔 子

祁月 27 岁那年，老公出轨了。心思缜密的她，不动声色地打响了一场婚姻保卫战，结果，小三灰溜溜地走了。

楚悦 30 岁那年，老公有了别的女人。骄傲自信的她，绵里藏针地来了一场反击，结果，老公更缠绵地奔向她的怀抱。

秦襄 40 岁那年，老公被别的女人迷住了。优雅淡然的她，步步为营，打起了持久战，最终把沉不住气的小三耗走了。

唐华 35 岁那年，老公被别的女人"逼婚"。敢爱敢恨的她，指挥若定，把小三"逼"得无路可退，最终败走。

这四个女人，因缘巧合之下凑到一起，互诉经历之后，一时兴起，组织了一个"反小三同盟委员会"，年纪最长的秦襄自任"会长"。四人在某著名论坛上了开了一个专栏，专门指导那些被小三折磨的老婆。几年来，四人成功地携同诸多老婆们粉碎了若干起小三"逼宫"的阴谋，大快人心。

在"反小二同盟委员会"成立四周年之际，四人整理了一些相关案例以飨读者。愿天下有情人终成眷属，更愿所有夫妻百年好合。如果你已经遇上了小三，别慌，看看别人是怎么打跑小三的；如果你还没遇上小三，就防患于未然吧。小三猛于虎，不得不防！

1.男人要的就是 "骚、纯、狠"

小三语录：

  骚，在床上；

  纯，在堂上；

  狠，在原配问题上。

原配豪言：

  他其实没有太多时间看你发骚装纯，下半身控制上半身的时间一过，他又得出去装正人君子。

小三出招： 骚、纯、狠

原配拆招： 淡定——什么都是浮云

  胡悦坐在秦襄、祁月、楚悦、唐华她们面前，神采飞扬、笑容满面，丝毫没有被小三偷幸福、抢婚姻的沮丧和慌乱，反倒像是凯旋，欢笑着急于和自己的同盟军分享胜利成果。秦襄等人彼此默契地会心一笑：很显然，这是一个镇定兼智慧的强大妻子，单凭气势就先稳住了自己的战场。她们做一个最好的倾听者，就是对胡悦胜利最好的肯定。

  胡悦的丈夫王渔是一家科研所的科长，平时经常要外出应酬。对此，胡悦从来没有过多猜疑过。夫妻二人是小学同学，相恋了六年才结婚，一直很恩爱，在亲朋好友中有口皆碑。胡悦向来很信任王渔，要不是接到小三打来的"挑战"电话，胡悦说什么都不敢相信丈夫居然能搞出"家外有家"的荒唐事！

"接到电话的时候，我也很生气，简直要气疯了！我那么相信他，他居然这么回报我！但是我不准许自己失去理智地发泄，哪个女人能因为丈夫出了一次轨就轻易离婚的？我始终坚持一条原则：不要哭闹，要把老公尽可能多地留在家里慢慢加以改造！这样才有机会争取回来。"胡悦语速和缓、不急不躁地说。

小三是个"实在人"，连她和王渔双宿双栖的住址和两人每周做多少次都大大方方地说了出来，把胡悦恶心得想吐。她还说根本不介意王渔有家室，她认为自己志在必得、胜券在握，并且一一列举自己的优势：知性白领，收入丰厚，纯洁靓丽……小三自命是王渔心里最纯净最懂他的女人，她说她只对王渔专一，并且让他感觉到"从未有过的快乐"。

可能是真的很有优越感，小三居然把王渔跟她说过的甜言蜜语都一五一十地"交代"了：王渔整天抱怨，说胡悦是个既没激情又没柔情、让人看了更没心情的衰女人，两个人的夫妻生活简直苦不堪言，要不是因为女儿年龄还小，早离婚了。还说他就是喜欢小三这种又骚又纯的劲儿，有时候"狠"起来又格外过瘾，看着就心痒痒……

胡悦听得直冒火，可她表面上却没有任何反应，就像是听说了"今儿天不错"这样的寻常消息。

小三毕竟年轻，没有太多跟原配过招的经验，再加上自信满满，也不着急跟王渔提结婚的事儿，觉得反正那早晚都是囊中之物。自

己提，不如让对方提，这样反而能提高身价，日后真结了婚也更有主动权。本来她以为，她如此这般先发制人地"逼宫"，胡悦肯定会在惊怒之下跟王渔吵得不可开交，等到闹僵了，不就自动给自己腾出位置了吗？她甚至还想：才不怕原配上门来闹呢！原配越是无礼粗俗，男人就越厌恶。反正无论怎样，得利的总是自己！

可小三的如意算盘打错了。面对如此无理的公然挑衅，胡悦既没有在电话里声嘶力竭地吼骂，也没有当场找王渔对质，而只是语气平淡地说："他其实并没有太多时间看你发骚装纯，下半身控制上半身的时间一过，他又得出去装正人君子。你还小，别被他骗了。"然后就把电话挂了。

不用说，胡悦气得要命。但她冷静下来想了想，觉得一动不如一静，自己这时候主动挑破反倒没什么好处。所以，那天晚上，胡悦始终都没有对王渔发飙，反而还拿出"百年难得一见"的温柔，拉着他谈心。她歉意地说：最近单位的领导有意想要培养她、提拔她，现在正是升职的关键时刻，所以没太多时间顾家，以后还得麻烦老公多担待一些，负起照顾父母和女儿的重责！另外，自己周末还要学习，女儿去上钢琴课也要劳烦王渔去送。说得言辞恳切，既不安又有点儿愧疚。

王渔一是不疑有他，二是也难得被"拜托"一次，三是还存着负罪感，再加上他也发现自己过去对家照顾得确实不够，因此几乎是一口答应下来了，还拍着胸脯向她保证：一定圆满完成任务。末了还不忘体贴地加上一句：你要拼事业我不反对，但别累着自己，还有我呢，我养你一辈子。当然了，你有上进心，我也会全力支持的。

胡悦心里想哭："你的小三都找上门来了，你居然还能说得这么深情款款！是我错看了你，还是你已经习惯了应付？"但她嘴上还是说着"谢谢老公支持"之类的话。

从那天起，当惯了"甩手掌柜"的王渔"被迫"当起了"家庭主夫"。男人出轨时，因为心虚和对家庭感到愧疚，对于妻子"合情合理的要求"他们一般都会很容易接受。再加上胡悦时不时地"软性"督促加甜言蜜语，王渔从开始的硬着头皮答应到后来的心甘情愿，居然渐渐适应了这样的生活。他开始合理安排起自己的时间：接送孩子上学、照顾老人、走亲访友……当然，还有会小三。

距电话挑衅事件发生已经很久了，小三从原来的胸有成竹变得越来越没底了。她以为一个女人被这样"侮辱"了，一定会爆发。面上无所谓都是装的，指不定回家闹成什么样呢！可两个月过去了，依然风平浪静。胡悦不仅没有找上门，连王渔去找她约会的次数也越来越少了。王渔以前是一周有五天晚回家，现在倒变成了一月才五六次！她觉得奇怪，也试探过王渔，可却没从他嘴里得到任何有价值的信息，他看起来甚至像毫不知情！

胡悦这边太"静"了，小三那边就控制不住"动"起来了。她先是不满意王渔跟她约会的次数变少了，后又抱怨王渔心里眼里全是老婆孩子，再后来就变着法要他离婚。王渔这段时间本来就有点焦头烂额，每天的时间被填得满满的，能喘口气就想歇会儿，很不欢迎小三的屡次闹腾。第一次忍了，第二次哄了，第三次不耐烦了，第四次火了……

反复折腾了几次，王渔对小三就有意见了。再一想到自己背着贤惠体贴的老婆出轨，居然就遇上了一个这么不省心的，真是越想

越窝囊。而且，通过这段时间的"家庭主夫"生涯，他也更加体会到了胡悦的不容易。幸亏有了她这样既懂事又能干的妻子，家里家外才能如此井井有条。而且夫妻俩的感情本身并没有出现大的问题，他根本没必要去惹妻子不快。万一这小三憋不住，去找老婆的麻烦就糟了，他可不想面对那样的"灾难"。

想来想去，实在被闹得头大了，王渔一怒之下提出了分手。小三当然不干，又哭又闹，求也求过了，发狠也发过了，但王渔已经铁了心。在妻子"升职"这样的关键时刻，他也不想让她分心，反正这小情人又不是特别称心，索性就硬下心肠坚决分手。不过王渔也算是"地道"，对小三说她有什么要求可以直说，他尽量满足。毕竟相好了一场，不想闹得太难看。可这个女人胃口太大，居然一张口就是五十万！王渔这才认清了这个"纯洁"的姑娘的真面目！心里一寒，也就没必要再谈感情了，三下五除二解决了问题回家了。

当然，这一切胡悦都没有看到，她看到的就是丈夫彻底"回家"了。过程怎样她不关心，结果她满意就可以了。

胡悦说："老公有了外遇，我这个当老婆的不和老公吵闹，也不跟小三大打出手，还有心情两手一甩去忙着升职。说出去别人肯定会觉得我傻，但我倒觉得这是大智若愚！"她的高明之处就在于不泄一时之愤、不赌一时之气，懂得用迂回战术夺取最终的胜利。要知道，小三最害怕的"原配"，就是这种临危不乱、镇定冷静型的。

胡悦深有感触地说：男人都像顽皮淘气的孩子，总有一时贪玩不顾家的时候。所以，先想法子用"糖果"把他哄回来，等关严你的家门，再想法子教训他！切记——淡定。

延伸阅读

在最近热播的电视剧《金婚风雨情》中，曾多次讲到男主角耿直的"桃花运"。对此，女主角舒曼的处理就很有意思。她从来不直接质问，也不去找"小三"对质、恐吓，反倒常常当做一个笑话，偶尔拿出来打趣一番。许多年过去之后，舒曼还能调侃地问耿直"生命中这四个女人"到底哪个最重要。而这位一生桃花运不断、很有女人缘的志愿军英雄，一生都没有真正地背弃过他的妻子，还珍爱了她一辈子。如果她也像《金婚》里的文丽一样闹得不可收拾，也许耿直还是会选择家庭，但两人的感情却一定会受伤害，他们被人羡慕、称颂了一辈子的"神仙眷侣"式的爱情就会大打折扣。

有些东西，坚守着会更美，放松了就会蒙尘。就像一双洁白的球鞋沾上灰之后马上擦掉，它看起来还是新的；可一旦被弄脏了大半双鞋，它就彻底脏了。

而事实也证明舒曼那么做是很明智的。不把它当回事，它成事的概率就会降低很多。毕竟，原配永远是比小三有底气的。她能沉得住气，别人就耗不起。最终的赢家是谁，就不言而喻了。

2.你"原装"，我"会装"

小三语录：

　　我没有别的本事，就是让他坚定不移地相信：我为了跟他在一起放弃了很多，以至于成了过街老鼠，但我依然无怨无悔！

原配豪言：

　　老鼠上了街，就只能被打死。这是潮流，怨不得我。

小三出招：原装的爱

原配拆招：借刀杀人

　　苏蕴的老公张克长相魁梧英俊、仪表堂堂，他经营的公司在渡过最初的艰难之后，终于进入稳定赢利的阶段。有钱有貌，这无疑给张克增加了不少魅力指数。

　　他是小姑娘眼中的"多才多金"优质男，苏蕴就恰恰相反：生了孩子的她身材开始走样了，脸色也不如以前红润了。再加上这些年来操心太多，家里公司两边忙，整个人看起来比张克老10岁。虽然苏蕴走到哪里都能受到尊重，可这感觉对一个女人来说还是有点儿"受伤"的：谁不希望男人纯粹用欣赏一个女人的眼光来看自己呢？别人还好说，自己的老公也这样，就有点儿郁闷了。

女人一上了年纪就很容易生疑心，再加上危机意识的"刺激"，就很容易疑神疑鬼。就在这时候，公司有个女同事偷偷地告诉她：张克和他的新助手小米关系暧昧。

这简直是晴天霹雳！苏蕴差点儿气晕过去！关键时刻还有赖她"训练"多年的修养，勉强镇定了一下笑着说：应该不会吧？张克这人心眼实，没那么多花花肠子，看见年轻漂亮的小姑娘心里痒痒可能是真的，要他来真格的，他可不敢！

女同事心里明白，知趣地说应该没事，她可能真的瞎操心了。两人说笑了一阵，这事就算过去了。

可苏蕴心里已经有了刺，扎得她难受。回家之后，她变着法子旁敲侧击了好几次，张克都一脸坦然地说：这个小米很优秀，是他从别的公司挖过来的，所以难免多照顾些。苏蕴挑不出漏洞，也无话可说，而且她心里其实也希望小米跟老公真的没什么。

但是苏蕴心里仍旧很不安，于是她留了个心眼，自此以后对老公更加关注了。有一天晚上，都12点多了，张克还没回家，打电话也没人接。这种情况是以前从未有过的。苏蕴连着打了几次电话以后，终于坐不住了，在客厅里转来转去，总觉得有什么事情要发生。于是，她就简单收拾了一下，打车直奔公司。没想到，还真让她给找到了。只不过这入眼的画面让她几近崩溃！

张克的门锁着，苏蕴刚到门口就被里面的声音给刺激到了。作为一个成年女性、一个孩子的母亲，她当然知道里面正在发生什么。两个人气喘吁吁的，似乎正入佳境。苏蕴的心都要碎了。她一边砸门，一边让里面的人滚出来，眼泪成串地往下掉。

开门以后，看到衣冠不整的一对"狗男女"，看到张克脸上的不

自在、小米的慌乱，苏蕴脑子里一片空白，一句话都说不出来，整个人像被定住了一样，什么也做不了。

小三慌乱地跑了，张克拉着已经糊里糊涂的苏蕴回到了家。真相摆在眼前了，苏蕴觉得自己就像一块被老公随意丢弃的旧抹布。

苏蕴整整在床上躺了两天才能起身。张克跟她道歉，说小米已经辞职了，他以后再也不会跟她有任何联系，可苏蕴已经无法再信任他了。失意沮丧中，她想到了传说中的"反小三同盟委员会"。反正事情已经这样了，就死马当成活马医吧！

据苏蕴说，张克后来"招供"说跟小米好了有三个多月了。因为小米跟他的时候还是个处女，所以不好断，这才一直拖拖拉拉地到了现在。小米曾经跟张克表白："我妈妈说，一个女人最大的幸福就是她的第一个男人也是她最后一个男人。我也想要这样。"俨然把张克当成她此生唯一的男人了。这不就等于赖上他了吗？要钱还好说，要感情可就麻烦了！

楚悦说："现在有两个问题。第一，她真的是原装的吗？第二，她跟你老公之间的感情到底有多深？"

"这种事，就没必要讲什么光明正大了！她就算是原装的，也给她整成假冒伪劣。小三和出轨男那点儿感情，其实很脆弱！"祁月心直口快，一下子就把问题的症结给点出来了。经过一番授意，苏蕴心里有了底。

没过几天，小米的资料就交到了苏蕴手中。从资料上看，这个小三确实没有值得挑剔的地方。但有一条引起了苏蕴的注意：小米上大学的时候，有个叫莫然的男生对她穷追猛打了四年却一直没有得到她的同意。但这两个人的关系却一直不错，有点儿红颜蓝颜的感觉。

苏蕴把这些信息跟几个军师碰了一下，一个行动方案就出炉了。

第二天，苏蕴刻意收拾了一下，化身成一个眼高于顶、飞扬跋扈的阔太太，出现在莫然眼前。

苏蕴戴着迪奥的墨镜，居高临下地问他："你是小米的男朋友？"

莫然愣了一下，苦笑着摇了摇头，说："您可能找错人了，小米是我的朋友没错，但我不是她的男朋友。"

苏蕴却像是没听到一样，自顾地说："现在的小姑娘可真有本事，骗起人来一点儿都不脸红。一边跟我保证她有男朋友了，感情很好，一边又去勾引我老公。天底下的男人都死绝了吗？正牌男朋友还在，就出去卖？你也是，大男人一个，女朋友都给戴绿帽子了，还跟没事人一样！"

莫然就听不得别人说小米不好，赶紧给她辩白。苏蕴把一个自我、彪悍、刻薄的贵妇形象表演得很到位，不但不听他说，还把小米一顿"侮辱"，并且扬言要给小米难看。

莫然火了，说："我不会让任何人伤害到小米！"

苏蕴哈哈大笑起来，嘲讽地说："哟，你还挺深情的嘛！可惜啊，人家根本不拿你当盘菜！我实话告诉你吧，这女人我是一定不会放过的。来找你也没什么别的意思，就是看看这小妖精的男朋友有多怂！"说完就扬长而去。

莫然是个学生，想不到这里面有许多弯弯绕的事。再加上确实很担心小米，就苦口婆心地劝她跟张克分手。小米当然不听，说张克已经答应她离了婚来娶她，又说两个人的感情多么多么纯洁、深厚，还说自己已经把最宝贵的东西给了对方，就不能轻易放弃……

把莫然气得火冒三丈，既痛苦又不甘心。但他毕竟放心不下小米，为了救她"跳出火坑"，他一次次地游说小米，说苏蕴多难缠、多可怕，说张克多无耻、多狡猾。

小米开始还念在朋友情分上忍气听了，后来就听不下去了。有一次她对莫然说："我没有别的本事，就是让他坚定不移地相信我为了跟他在一起放弃了很多，以至于成了过街老鼠，但我依然无怨无悔！"莫然觉得她太傻，更加执意要把他们拆散，于是，两个人常常搞得不欢而散。

联系的次数多了，就被张克碰上了几次。开始的时候他也没在意，谁没个朋友呢？但他渐渐发现这个男生每次出现或打电话的时候，小米的神态总是不太自然，有一次还脸红了，这就不能让他不在意了。后来就发生了这么一件事，让张克终于正式地对小米产生了怀疑。

那天晚上，张克和小米约好了一起去看电影。因为事隔被苏蕴抓奸在床不久，两个人见面非常小心，"约会"的次数也比从前少了很多，所以都很珍惜在一起的时刻。可已经过了约定的时间十多分钟了，小米还没下楼，张克一个人在车里等得心烦，就上去了。结果，就碰上莫然和小米在门口"拉拉扯扯"。莫然不让去，小米非要去，一个死拉着不放，一个一定要挣脱。可在"外人"看来，就是一对小情侣"难舍难分"地抱在一起。

张克火了，连问都懒得问，转身就要走。小米发现了他，尖叫着让他别走。莫然一见到"情敌"，也不管小米了，冲上去就打了张克一拳。张克气怒至极，也不甘示弱，两个男人厮打在一起。小米吓得又哭又叫，好半天才把他们俩分开。

这场架打完后，两个男人都狼狈不堪，张克既难堪又愤怒，再也不相信小米是处女了：你们俩没事，那男的能跟我拼命？你到底有几个 "第一个男人"？

小米百般解释都没用。莫然铁了心要拆散他们，几乎就没留下 "机会" 让他们和好。张克觉得自己被欺骗了，怎么也不肯回头。张克挂了彩回家，老婆不但没再追问，还照顾得非常周到、细致，让他既愧疚又生气：愧疚的是伤了糟糠之妻的心，生气的是小米居然装纯骗他！

莫然后来跟小米怎么样了，不是苏蕴关心的事，她只要看到张克收了心跟她过日子就够了。

祁月拍着手叫好，说："好，狠得到位！"

苏蕴笑了，但还是 "恶狠狠" 地说："老鼠上了街，就只能被打死。这是潮流，怨不得我！"

借 "盟友" 的手除掉 "情敌"，可说是高招中的高招。因为有共同的 "利益"，对方不但不会中途反悔，还会不遗余力、费尽心机地帮她达到目的。而她自己不用一兵一卒，就可以坐收渔利。

延伸阅读

《倚天屠龙记》里，赵敏和周芷若二女争夫，打得可谓是如火如荼，娇滴滴的周芷若甚至要置赵敏于死地。优柔寡断的张无忌徘徊在二人中间，怎么也下不了决心。谁都想讨好，却谁都讨不好。

赵敏是个聪明人。既然你不相信我，我就索性直接戳破周芷若 "纯洁高尚" 的假象吧！在事实面前，你总不能再

怀疑我了吧？所以，尽管后来张公子对她误会重重，周芷若又步步紧逼、屡次想杀了她为民除害，但赵敏却一直不放弃追查谢逊的下落。一来是为了心上人，二来就是想从谢逊嘴里为自己讨一个公道。

后来事实证明了周芷若是个什么样的人，而赵敏也如愿以偿地站在了张无忌身边。当然，他们这段情缘最终能开花结果，是有诸多原因的。男主角和女主角走到一起，是所有故事的必然结局。但咱们要"八卦"的是赵敏的"策略"。她不解释、不上火，该干什么还干什么，私底下却有条不紊地进行着她的计划。如果她只是纠结于自己被"误会"、被"淘汰"了，甚至冲动地跟周姑娘"扛"上，那能有她的好果子吃吗？

聪明人不会自乱阵脚，甚至还会找准"漏洞"让别人来给自己出力。苏蕴"乱"的是盟友，赵敏"乱"的则是情敌本人。对情敌固然要"狠"，但怎样才算是狠得正中"要害"，就是门学问了。往对方"心窝子"上使劲，才会收到满意的效果。敲锣打鼓地在外围兜圈子，吃亏丢人的还是自己。

3你有缘分，我有名分

小三语录：

  咱俩认识了是缘分没错，没名分那就是孽缘了。我妈妈是基督徒，我奶奶是佛教徒，都不允许我作孽。所以咱还是先把这个"分"的事谈好了再进行下一步。

原配豪言：

  名正就言顺，我比你有底气。关键时刻，缘分就是不如名分好使。

小三杀招：步步紧逼

原配拆招：寸步不让

  小三不计较名分是假的。要不然，她们为什么不敢向社会高呼：做小三！我选择，我开心？

  在道德感很强的中国社会，大部分人还是需要"名分"的。

  一年前，从法国回来的芥末让耿伟业眼前一亮。这个"海龟"有性格，满脑子新奇的想法，行事常常出人意料，跟他以前接触过的女孩子很不一样。两个人算是"一见钟情"，没见几次面就打得火热。更让他欣喜的是：芥末居然声称只在乎曾经拥有、不在乎天长地久。这可是所有背着老婆偷食的男人的终极幻想啊！这样的"情儿"，谁不要谁是傻赠儿！

　　两个人沉浸在这份"爱情"中难以自拔。他们一起去玩冲浪，跑到玉龙雪山回忆往事、畅想未来，在酒店蜜月套房的阳台上做爱……这是耿伟业和妻子从没有过的浪漫和刺激，他觉得自己的人生突然充满了创意和新奇。而芥末也被耿伟业的"成熟男人"魅力迷得神魂颠倒、欲罢不能。两个人联系越来越密，渐渐都有点儿明目张胆了。

　　耿伟业完全忘记了自己有家、有妻子、有儿子，他眼里、心里只有这个带给他无限新奇的年轻女孩子。

　　人与人相处时间长了真的会产生感情。芥末开始也以为自己会很"洒脱"，不会介意耿伟业有老婆。可在一起久了，她也不能"免俗"地产生了跟他永远在一起的念头。直到有一次她开玩笑地说出"你离婚娶了我，不就可以天天看到我了"，她才"正式"知道自己动了真格的。想来想去，敢说敢做的她就跟耿伟业"摊牌"了："咱俩认识了是缘分没错，没名分那就是孽缘了。我妈妈是基督徒，我奶奶是佛教徒，都不允许我作孽。所以咱还是先把这个'分'的事谈好了再进行下一步。"

　　耿伟业先是一愣，后来就答应考虑考虑。就在这时候，他家里却突然出了事——耿伟业的老婆韩凤凤出车祸受了重伤，极有可能造成瘫痪。

　　这样一来，耿伟业不但没时间跟芥末"约会"了，还得从此担负起照顾妻儿的重担。

　　其实很早之前，韩凤凤凭着女人的直觉就已经敏感地意识到丈夫"开小差"了。但她一来没有"把柄"，二来也担心把事说破会起反作用，所以就一直默不作声。现在她受了重伤，吃喝拉撒全靠丈

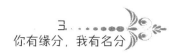

夫伺候，她的担心才愈加强烈。到后来，她食不下咽、睡不安枕，不但情绪很坏，身体也受到了极大的影响。

耿伟业以为她担心自己的病，还安慰她要想开些，说他肯定会照顾她一辈子的。韩凤凤越听越气，有好几次差点儿就忍不住跟他吵起来。耿伟业也觉得妻子最近情绪很反常，但又无计可施。正在这时候，他工作上的伙伴听说他家里出了事，纷纷来探望，其中就包括秦襄一家。

韩凤凤平时跟秦襄关系还算不错，两家人走动得也勤，经常互相说说心事。但老公出轨的事，她一直藏着没说，觉得丢人。现在都到这份儿上了，她一个人憋得难受，非常想要个人来帮自己分担、拿个主意。所以，秦襄一来，她像见到几十年没见的亲人一样，两眼泪汪汪的，满腹委屈。

听她说完，秦襄沉吟着说："其实，这件事我也听说了……现在看来，如果你不想离，就得找个理由先拴住他，然后才有机会把他彻底拽回来。"

"我知道啊，可我现在能有什么理由？人老了，也残了，他没现在跟我离婚，我就算是烧高香了，哪还敢说别的？"

秦襄突然问她："你这车祸是怎么出的？"

韩凤凤一愣，半天才犹豫着说："司机喝醉了……"

秦襄若无其事地笑笑，耸耸肩说："老耿是个重义气的人，你比我了解他，如果他觉得对不起你，一定会对你负起责任，你提什么要求，他都不会反对吧？"

韩凤凤还是不明白："他对不起我？"

"……人家司机是有错，你也有错吧？心情不好，就会走神，出

事故的概率就会增加很多。"

"你是说……"

秦襄打断她，笑着说："我什么也没说，你啊，有委屈不能憋着，一个人瞎琢磨有什么用？非得弄出问题才算事吗？"

韩凤凤顿时明白了。两个女人又窃窃私语了半天才依依惜别，走的时候，韩凤凤情绪好了很多。耿伟业连连向秦襄道谢，并请她以后不忙的时候常来陪妻子聊聊天。秦襄满口答应着，趁耿伟业不注意，与韩凤凤交换了一个心领神会的眼神。

第二天，耿伟业的妹妹来陪床，正巧肇事者的家属也来探望。不用说，耿伟业的妹妹自然没好脸色，恶声恶气地把人家骂走了。韩凤凤一直在劝，要小姑别太为难人家。小姑直叹气："嫂子，说你好心好呢，还是说你傻好呢？你都这样了，还说别难为人家？你呢？你就活该？"

韩凤凤突然流下泪来，呆呆地说："真怨不得人家，要不是我……"说到这里却突然住了嘴，怎么也说不下去了。

小姑觉得奇怪，追问了很久才知道嫂子出车祸的"真正原因"。不听则已，一听就气炸了。姑嫂两人处得不错，小姑又是个疾恶如仇的性子，当然要去找哥哥出气。

耿伟业一听妻子是因为得知自己出轨受了打击、精神恍惚才出的车祸，又震惊又愧疚，继而就自责起来。没想到，他们兄妹俩这段对话让耿伟业的儿子听到了。儿子气得两眼通红，一拳打到了医院的墙上，恶狠狠地说："爸，别逼我恨你！"

这下子，耿伟业真是众叛亲离了，谁都不理他、谁看见他都一脸深仇大恨的样子，尤其是儿子。到了这一步，韩凤凤反倒自责了：

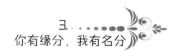

"都怨我，嘴快，让你为难了。"

耿伟业能说什么？只能说自己活该。更让他意外的是，韩凤凤居然真诚地问他：那个姑娘对你好不好？耿伟业不安起来，含糊地说"就那么回事"。

"如果她真的对你好，也真心想跟你，你就娶了她吧！人家年纪轻轻的，你别对不起人家！我以后也不能照顾你了，只会拖累你，你还有几十年好光景呢！我看着心疼。"

这话一说，耿伟业差点儿就哭了。自己惹了祸，妻子不但不怪他，反而还全心全意地为他着想！如果自己真的抛弃她，还是个人吗？

而那边，芥末却越来越不好过了。开始的时候，耿伟业还经常去找她，后来去的次数就越来越少了。就算偶尔过来，也是一副愁眉苦脸的样子，不是说妻子从前怎样风风火火、现在怎样颓废无助，就是说吃什么有助伤口愈合。芥末也能理解他，毕竟这么多年的夫妻了，感情肯定是有的。但说多了，她就不乐意了：哪个女人愿意听男朋友不停地说他对另一个女人多在乎？实在忍不下去就跟他吵了起来。两个人本来心情就不好，又都被戳到了痛处，话赶话，就说到了离婚这件事上。

耿伟业当时的眼神简直可以用"难以置信"来形容了。他震惊地看着她，像第一天认识她一样，受伤又有点儿鄙夷地说："这时候？你这时候要我离婚？你还有没有人性？她因为我们俩的事出了车祸，现在人还躺在病床上，你都不知道内疚吗？居然一门心思要我离婚？你还是个人吗你？"

芥末长到这么大，从没被人说过这样的重话。急加上气，更加

口不择言，火头上说了什么连自己都不知道。可耿伟业却真的寒心了：她怎么这么冷血？她真是自己认识的那个人吗？难道她以前的样子都是假的，这才是真的？

就这样，两个人开始了"战火纷飞"的战斗。吵来吵去，耿伟业也疲了，芥末也累了。这根本不是他们想象中的爱情：一个觉得"错爱"了对方，一个觉得自己越来越没有尊严。毕竟爱过一场，又何必闹成今天这样呢？既然不能相亲相爱地在一起，就好聚好散吧！这样将来回忆起来的时候，起码还能多记得对方的好。一旦把感情都吵没了，那就真的是白白相爱了。

就这样，一年过去了，韩凤凤已经能单手拄着拐杖走路了，原配还是原配，小三却已经不再是小三——她走了。

韩凤凤后来听丈夫轻描淡写地说："本来就不是多认真的事，一时糊涂了，分手就很容易。总归是孽缘，没什么好可惜的。"可她心里却知道自己到底是怎么赢的。有时候，她真的很想跟从未谋面的芥末说句话出出气："名正就言顺，我比你有底气。关键时刻，缘分就是不如名分好使。"

延伸阅读

"九姑娘"邓萃雯凭《义海豪情》蝉联视后，事业再创高峰。一时间，风头无限。看着如今意气风发的她，谁又能想到当年她做"小三"时的憔悴与无奈呢？

当年，邓萃雯跟江华合作《我和春天有个约会》时产生恋情。邓萃雯爱得真心投入，把对方视作自己一生可依靠的良人。可当时江华已经有了太太麦洁文。

020

邓萃雯说："是，当时已知对方结了婚，没有想过破坏别人的婚姻，只是想到爱。第三者的思想经常很傻，对方一定令你觉得他不快乐，你在他身边，你才是他的Right One（最合适的对象）。（我）觉得自己在拯救他。"

在两个人的恋情被炒得天翻地覆的时候，江华却突然与太太统一了口径，枪口一致对外，指责邓萃雯不道德、破坏别人家庭。顿时，邓萃雯形象大跌，爱情与事业双双受挫，人生一度陷入低谷。

这位原配江太太，不就是在"名正言顺"地讨伐"小三"邓萃雯吗？她理直气壮地站出来，以一个受害者的姿态控诉对方破坏了自己的家庭。公众会同情谁？

江太太做了什么我们不知道，江华经过了怎样的权衡取舍我们也不知道，我们看到的，就是原配义正词严、理直气壮地打跑了"小三"。

再美好的婚外情也带着股苦味。有缘分的"小三"对上有名分的原配，除非道行特别高深的，否则不死也得脱层皮。很简单：她不占天时、地利、人和的任何一项优势，而原配却占了个全。

4.陈世美爱的是"公主"

　　沙蓉蓉一看就是个被好生活滋养着的女人。虽然现在神情沮丧、面容憔悴，却依然掩盖不住她的一身贵气。一个被"娇养"着的女人，永远都会带着一种大部分人不具有的"矜持"。可现在，她的失意已不足以支撑着她继续维持那份倔犟的优越感，她疲惫而无奈地说：丈夫在外面有了情人，貌似还怀孕了，现在两人正甜甜蜜蜜地准备把他们"爱情的结晶"给生下来。他们都以为没有影响到我的婚姻，可在事实上，我的生活已经差不多被摧毁了。

　　用现在时髦的话讲，田刚强是个典型的"凤凰男"：他们老田家世世代代靠天吃饭，认字不全、数数不清，独独出了他这么个"才子"。所以，为了把他供出来，当年他们家的亲戚几乎是拼了全力。幸好田刚强也着实争气，不但以优异的成绩毕业了，还娶了一个出身"名门"的贤惠"大小姐"。最让亲友们欣慰的是：田刚强虽然"出息"了，却没有忘本，一直很照顾家里，但凡他们开口，田刚强一定尽力帮忙，平时年节里也没少给钱、给物。

当年沙蓉蓉和田刚强恋爱的时候，沙蓉蓉的父母都有些担心：从农村出来的，会不会功利心太强？你能保证他看上的不是你的钱？

被爱情冲昏头脑的沙蓉蓉不乐意了：你们别隔着门缝看人！就你们那点儿破钱，人家才不稀罕呢！他自尊心可强了！

一见面，沙蓉蓉的父亲就在心里暗暗叫好：嗯，这小伙子不错！虽然出身贫寒，但说话行事不卑不亢，而且还很有教养和上进心。其实沙蓉蓉的父母当年下乡的时候也在农村待过，并不排斥农村人，甚至还有一些亲近和欣赏。特别是在后来的接触中，田刚强身上某些农村人特有的质朴性格更是让他们由衷地喜欢，比如，孝顺、感恩、不浮夸、做事踏实等。于是，他们这段"城乡恋"也就没有遭到多少抵制，几乎是很顺利地开花结果了。当然，他们结婚的时候，沙蓉蓉的父母也提了一个条件：让田刚强入赘做上门女婿。

田刚强的父母开始不太乐意：儿子是不缺，家里还有仨呢，可就这么一个有出息的，别人还想"截和"，换了谁也不干啊！后来还是最有威望的三爷爷出面了："小刚子"成了他老沙家的上门女婿就不是咱家的孩子了？真是妇人之见！人家就是不想"绝后"！"小刚子"成为城里人，你们的孙子将来就能泡在蜜水里长大，啥也不缺，你们就非得在乎那点儿虚名？

经过一番权衡，田刚强的父母最终松口了。结婚后，小夫妻俩

感情一直不错，甜甜蜜蜜。更重要的是：沙蓉蓉的父亲真的把田刚强当成"儿子"来栽培，不但手把手地教他打理自家公司的事，还积极地给他拓宽人脉，并利用自己的影响力给田刚强"赚"回一个"优秀企业家"的奖杯。

对这一切，田刚强是真心感激的。对一个男人来说，还有什么不满足的呢？家庭和睦，事业有成，还有一对聪明可爱的龙凤胎儿女，这可是许多人梦想一辈子的生活啊！因此，结婚这10年来，田刚强一直把沙蓉蓉捧在手心里，像"公主"一样地宠着、照顾着。沙蓉蓉其实骨子里挺小女人的，对物质没有太"奢侈"的要求，可对感情的"刺激"却极为敏感，因此，她心里甜滋滋的，天天一副幸福小女人的模样。沙蓉蓉的父母看在眼里，既欣慰又满足：看来女儿真没选错人啊！将来把家业都传给女婿，也算是心甘情愿了！

婆家对沙蓉蓉也很满意：人家一个大城市来的"大小姐"，不但没有架子，还一直表现得谦恭有礼。沙蓉蓉跟着田刚强回老家，不但对农村简陋的环境没有流露出丝毫的厌恶和反感，反而还饶有兴致地跟婆婆打听农村的一些事。对亲友们好奇的打量，也表现得大方得体，还亲切地跟他们攀谈。更重要的是：这个儿媳还非常孝顺。不但经常给老家寄钱，逢年过节出手格外大方。公婆身体都不太好，经常生病，每次都是沙蓉蓉细心、热情地接过去照顾，出钱出力，二老对她赞不绝口。公婆感觉很有面子，时常把这个好媳妇挂在嘴边，以至于家里的三个儿媳都有些"吃醋"了。

田刚强再豁达，也是从农村熬出来的孩子，尤其敏感别人对他家里人的态度。可结婚这么多年来，无论是岳父岳母，还是妻子，都从来没有慢待过他的家人，这一点让他尤为感激。但是，无论田

刚强对妻子一家多么感恩戴德，心里却始终藏着一根刺：别人永远都会说他是靠"吃软饭"起家的。

男人的自尊心是一种很微妙的东西。它能让你成长，也能让你反弹。而田刚强在长久以来的"刺激"下，就走向了反弹。面对着一个处处"完美"的妻子，他的欣赏、喜爱、怜惜、冲动，都是有时间"限制"的。再完美的艺术品，看久了也不过如此。漂亮的沙蓉蓉、优雅的沙蓉蓉、fashion 的沙蓉蓉，不知不觉已经在田刚强眼里"过时"了。当然，他也没有彻底地冷落沙蓉蓉，只是没那么多激情了，曾经的轻怜蜜爱也渐渐不见了。他只是在习惯性地对她好，可跟当初的好已经完全不一样了。沙蓉蓉是个何其敏感的女人？而且她的生活重心就是老公和孩子，她怎么可能感觉不出来？

沙蓉蓉知道老公在外面肯定有了女人。可真的被她碰上，才知道到底有多痛。看到他们手挽手地进了一家专卖店时，沙蓉蓉很不争气地躲了起来，一个人蹲在角落里哭了很久，直到没有力气了才慢慢地站起来回家。她不知道自己当时为什么"不敢"冲上去质问他们，是怕丢人、怕事实比她想象的过分，还是怕撕破脸皮会鱼死网破？她不知道。

田刚强不承认，说她看错了，说他整天忙得要死，没有时间搞那些乱七八糟的事。沙蓉蓉平静地接受了这个说法，也平静地加了一句："等你有时间搞了，麻烦你先把我们娘儿仨处理了再去搞，我有洁癖，不愿意吃沾过别人口水的东西。"

田刚强听得心惊肉跳，一边哄她，一边佯装发火："你啊，就是闲的，整天瞎琢磨。你把我抓得死死的，我向天借了胆才去找别人。这不是成心冤枉我吗？没这么办事的！"

　　沙蓉蓉冷冷地、悲哀地笑了，她什么也没说，也没表态，因为她心里憋了一肚子火，她怕她一开口就会一发不可收拾。可父母已经睡了，孩子们也睡了，她不想让他们一起来承受自己的痛苦。可是，从那天起，沙蓉蓉就开始调查那个小三了。也许是发现她一直很冷淡，田刚强也收敛了很多，不再那么频繁地"加班"和"应酬"了。

　　这件事，沙蓉蓉谁都没有透露，对父母她都守口如瓶。直到她得知老公陪着小三去做产检的消息，才彻底怒了。

　　眼见已经没办法再瞒下去，田刚强只能承认了，居然还说："她没想跟我怎么着，就是想生个孩子，我也不会离开你们……"

　　沙蓉蓉甩手就给了他一巴掌，扔下一句话就拂袖而去："有她没我，有我没她！"

　　田刚强试图蒙混过关，回家跟她说：这事需要时间解决，不过你放心，我一定会尽快给你一个答复。

　　沙蓉蓉对他这个态度真的是寒心了：你怎么能这么理所应当呢？甚至都不给我一个解释！难道我只配被你"施舍"一个这样的结果吗？所以，她找到了秦襄等人，请她们给自己出个主意。

　　秦襄勾起嘴角，意味深长地说："他说不想离开你们，是真心的。不管他承不承认，他是'吃软饭'才有今天的。"

　　楚悦也笑了："他理直气壮地扮无赖，是被你的贤惠给惯坏的，觉得你一定会识大体地保全这个家庭，还觉得你此时已经有了危机感，不敢跟他硬闹。"

　　唐华则说："其实他才需要危机感，他比任何人都不想回到以前的生活。"

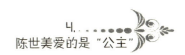
　　祁月耸耸肩，若无其事地说："打蛇打七寸，陈世美抛妻弃子'嫁'给公主图的是什么？"

　　沙蓉蓉听得心如刀绞，却不得不承认她们说得很有道理。就在她准备有所行动的时候，田刚强家里出事了。原来，三叔家的儿子在学校带头打群架，把村支书的儿子的胳膊给打残废了，现在正在派出所里扣着呢。村支书有"关系"，心疼儿子，当然死咬着不放。巧的是，当地的公安局局长是沙蓉蓉爸爸弃官从商前的一个部下。

　　三叔马上想到了深明大义的侄媳妇，就约上大哥，一行几人浩浩荡荡地来走后门了。公公说了：你三叔的事还得你多费心了，办成了，不光你兄弟感激你一辈子，就连你三叔、我，都得念你的好。

　　田刚强眼巴巴地看着妻子，既不安又愧疚。沙蓉蓉脸上在笑，心里在哭，说一定尽力而为。可一转身，她就给秦襄打电话了，问她这时候是不是应该"拿"田刚强一把。

　　秦襄笑了："你不但要帮，还要大张旗鼓地帮，让所有人都知道他田刚强沾了你多少光。"

　　于是，沙蓉蓉相当高调地解决了这件事，公婆有面子、三叔很感激、田刚强也一个劲儿地向她道谢加道歉。沙蓉蓉理都不理，从头到尾都没有正眼瞧过他。公公发现儿子和儿媳之间的气场不对，便悄悄地问儿子。田刚强本来还不想承认，老爹一吹胡子瞪眼，他就吞吞吐吐地说了。得知儿子当了"陈世美"，田父当场就怒了，一脚把儿子踹到了地上，非得要揍他。三叔也在旁边帮腔，说了一堆侄媳妇多好、你对不起谁也不能对不起她之类的话。

　　沙蓉蓉看着，既没哭诉也没去拉，就是淡淡地看着。公公知道她是真火了，就动手把儿子修理了一顿。事后，公公一个劲儿地向

沙蓉蓉道歉，请她看在他的面子上原谅田刚强。沙蓉蓉对公公还是一如既往地尊重，但还是委婉地说：这件事的主动权不在她，而且小三已经怀孕了，她现在处于"被选择"的境地。

公公回头对儿子说：咱们家的长房，只有一个孙子、一个孙女，别人不能生，生了我也不认。你赶紧给我处理掉，要不然，以后别叫我爹了！

说到这里，沙蓉蓉反倒来劝公公，说他们夫妻俩的事不应该影响到父子之情，田刚强虽然对不起她，却没有对不起公婆，还是个孝顺儿子。

公公更加惭愧了，一边骂儿子，一边夸儿媳识大体，还再三请求儿媳再给儿子一个次会。沙蓉蓉"没办法"，只能同意了。

田刚强赶紧表态，说一定在最短的时间内解决小三的事，并且以后一心一意做个好丈夫，再也不敢动歪念头。

沙蓉蓉不置可否，淡淡地说："以后再说吧。"从那以后，田刚强表现得比以前更好了，俨然又变回以前的好男人。沙蓉蓉知道：虽然小三已经流产了，但他们两个人却没有彻底断掉。不过，她有的是时间。

后来，沙蓉蓉的爸爸不知道从哪里听说了田刚强的"风流账"。他没有发火，只是对他说了一句话："我女儿只能伤心一次，这是我的底线。"

田刚强吓得汗都流出来了，忙不迭地表态说跟那边已经断了。岳父理都不理，像赶苍蝇一样把他赶走了。

不用说，田刚强经过一番艰难的取舍之后还是跟小三分手了。

有意思的是，小三居然找过沙蓉蓉一次，还挑衅她："他说他

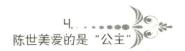

爱我，不舍得放手。就算他是陈世美，我也认了。"

　　沙蓉蓉笑笑，扔给她一句话："别傻了，陈世美爱的是公主。公主能给他荣华富贵，你一个灰姑娘能吗？他是不会跟我离婚的，因为他不舍得我给他提供的生活。"

　　当小三，本来就没有充足的话语权，再加上她又是个一穷二白的灰姑娘，更是不占半分优势。田刚强也许舍不得她，但绝对不会为了她把老婆得罪透了。他不傻，一个38岁的男人，是不舍得给额外的"爱情"投注太多成本的。一旦超出了他的承受底线，他一定会毫不犹豫地放弃。

延伸阅读

　　麦当娜身边向来不缺男人。她的历任老公、历任男友，都有让女孩儿们尖叫失控的本钱。而近年麦姐最"时髦"的举动，莫过于她找了一个超级"嫩"的小男友。要知道，这男孩的奶奶可是跟麦姐年龄相当！

　　那么，这个帅帅的、拥有不少粉丝的男孩吉瑟斯·鲁兹，真的有那么爱麦姐吗？他怀揣的是爱情还是名利？

　　想必麦姐心里也有数：她这把年纪，再有魅力、再"偶像"，也不足以让一个嫩而帅的男生心甘情愿地拜倒在她的石榴裙下。更何况小男友是在模特圈里混的，什么样的尤物没见过？怎么可能对她这个跟祖母差不多年纪的女人死心塌地、爱得死去活来？

　　这两个人，感觉是有了，可以亲吻，可以拥抱，可以上床，可唯独不会真心地相爱。麦姐找小男友，正如时下的

大款们找小情人。一个愿打，一个愿挨，她要年轻、帅气、鲜活而有朝气的情感，而他呢，则需要"消费"麦姐的知名度、影响力来为自己换取更多的饭票，也就是赚取更多的钞票和名气。所以，他就算对麦姐身上那些咱们看不到的褶子有"反胃"的生理反应，也会乖乖地忍下。褶子里有光明的未来，这还不值得他"忍辱负重"吗？即使将来两人的"爱情"没了，但起码彼此都已经各取所需了。

生活跟童话的区别，就在于它很现实、很残忍、很不好看。一个男人心甘情愿地"嫁"给一个女人，就表示他已经对这个女人代表的生活"投降"了。所以，就算他会开小差、会对这个女人不满，也不会跟她说再见——他离不开的不是这个女人，而是这个女人提供的生活。

5.恋爱林黛玉，结婚薛宝钗

小三语录：

　　刚恋上的时候，黛玉范；准备竞聘太太的时候，宝钗风。拿捏好了，事就成了。

原配豪言：

　　不好意思，这些"风""范"我都有，你找别人吧！

小三杀招：投其所好

原配拆招：让自己永远不能被超越

　　唐华跟林珏很投缘。同样是凭一己之力打跑小三的原配，两人的气场也非常类似。所以，唐华听这故事听得很过瘾，一边听一边想：这个原配夫人不简单哦。

　　林珏"捉奸"的过程可谓既在意料之外，又在想象之中：她去给老公送手机，却碰上一个年轻漂亮的姑娘正泪水涟涟、深情款款地跟老公诉衷肠。老公高原是一家知名企业的项目部经理，长得虽然不是很帅，却自有一股成熟男人的魅力，着实让不少小姑娘脸红心跳过。

　　老公刚给姑娘擦完眼泪，就发现不远处老婆正目光灼灼地含笑

看着他。心一慌,手就掉了下来,心疼的表情还没完全卸下,既尴尬又慌乱,顿时矮了一截似的。

小三也发现有点儿不对劲,扭头一看:人家的太太正在后面站着呢。

其实林珏早就觉察到老公不对劲儿了,再加上也时不时有些风言风语传到她耳朵里,林珏觉得,他肯定是在外面"惹事"了。果真,眼前的一幕证实了她的猜测。

但林珏毕竟是见过大场面的人。事已至此,暴跳如雷没用,化身泼妇撒泼也没用,还不如来点"有智商"的。她神色不变,像什么都没看到一样镇定如常地走过去,高原已经和小三"不着痕迹"地分开了,小三也侧过脸擦干眼泪。

林珏一边跟小三点头示意,一边把手机递给高原:"你手机怎么不带?一直在响,我怕耽误你的事,就赶着给你送来了。"

高原一边悻悻地接过,一边故作无事地查看手机,眼角却一直在打量着老婆的神色。可林珏的脸上除了正常还是正常,什么也看不出来。

林珏笑着说:"你这个人真是,一有事就顾不上别人了,也不介绍一下?"

高原赶紧解释说是一个员工。

林珏"哦"了一声,有点儿嗔怪地说:"这么漂亮的小姐,你怎么就不知道怜香惜玉?偶尔犯个错也很正常,你用不着把话说得太重嘛!瞧瞧,都哭了!"一边说,还一边从包里掏出纸巾递给小三,表情无比真诚。

小三慌乱地接过,不敢直视林珏。

高原对眼前这种局面感到很不自在，随便应付着说："工作上的事，该说就得说，不说能长记性？"然后又对小三示意："好了，你先回去吧，下次注意点，这种事有一不能有二。"

小三一边答应着一边转身想走，却被林珏给叫住了："正好饭点了，要不一起吃个午饭吧？老公你请客。"

高原和小三都有点儿愣，不由得对视了一眼，然后又赶紧移开视线。林珏一边看着，一边在心里冷笑："以为老娘眼睛瞎了吗？都这副德行了，还想装清白？"

高原正想找借口拒绝，没想到小三却抢先一步应下了："这，方便吗？"

林珏心想："怎么着？还想跟我过过招啊？得嘞，那你就等着吧。"可面上还是一副欢迎的表情："有什么不方便的？"

高原皱着眉头，有点儿不悦，心里怪小三不会找台阶下，就知道瞎掺和：就你这两下子，还不够她啃骨头的！

这顿饭三个人吃得都有点儿消化不良。高原是心虚，怕穿帮；林珏当然是生气，但还得强颜欢笑装不知道；小三则存着会情敌的心思，注意力全在林珏身上，吃了什么都没看清楚。没多久，高原就借口去洗手间，"逃"了。

林珏开始打量起面前的女人，不算太漂亮，但是眼睛很有神，妆容精致，看起来很舒服。小三本来就没打算客气，高原一走，就索性"原形毕露"了，那点儿小野心全露出来了。只要不傻，就知道她不怀好意。

林珏觉得好笑：就你这德行，还想上位？你不知道他最烦你这类自以为是的吗？

正对峙着，小三电话响了。林珏用脚趾头想都能猜到：这绝对是老公发来的。

果然，小三看完之后就不爽了，漂亮的小脸马上就拉了下来。忍着气想了想，最终还是站起来，"歉意"地说："不好意思，我有点儿事，要先走了，谢谢您的午餐。"

林珏笑了，很有风度地挥手再见，只是在小三转身离开的瞬间，慢悠悠地说了句："别人的东西，最好不要伸手。"

小三蓦地回过头来看着她，眼睛里满是杀气。林珏一派气定神闲："你最好别瞪我，我这人脾气不太好。你不怕难看的话，就在这里跟我吵，看看会是什么结果。"

小三瞪了她半天，最终还是气呼呼地走了。

高原回来的时候，还假意问小三去哪儿了。林珏很配合，说她有事先走了。两个人都默契地不再往下谈，可多年的夫妻，很多话已经不需要直接说出来就可以理解对方的意思。林珏想说的是：别给脸不要脸，赶快去把屁股擦干净了。而高原的"回答"则是：就知道瞎琢磨，什么事都没有！

其实，高原还真挑不出林珏的毛病来：形象好、气质佳、事业有成，贤惠、大方、孝顺公婆、体贴老公、爱护孩子，没一个不夸的。而且，她对家庭、对他、对孩子的那份心思，绝对没得说。就像这次，他回家抱怨说最近颈椎不舒服，一直在疼。林珏居然就出去跟人学了按摩，每天晚上给他按一次。这样的老婆，不是打着灯笼也难找吗？

有意思的是：林珏"捉奸"之后的态度一直很耐人寻味。说她不在乎吧，她还偶尔拿出来说道一番；说她在乎吧，她又没有过激的反应，生活一如既往。有一次高原忍不住就问了："你就那么自信我离不了你？"

林珏笑得自信满满："这世界上不存在谁离不了谁的问题，人们只是在一个现实状况下进行最优选择。我不敢说我是最好的，但在目前的情况下，还是最适合你的。你只要脑子没烧坏，就还得跟我过下去，你说呢？"

高原也笑了："反正话都是你说的，我说不过你。"

林珏也知道，高原跟小三一时半会儿是断不了的。不过她不急，因为虽然只见过一次面，她却能断定：那姑娘容易急躁，又太自以为是，很容易给自己捅娄子。她能感觉出来：小三最近可能逼得有点急，老公不耐烦了。

而且，这事还有了很戏剧化的一个小插曲：林珏和高原去赴一个朋友的约时，在餐厅里意外地碰上了小三。不过，当时她背对着他们，不知道后面发生了什么。她正意气风发地跟一个朋友展示自己的本事："刚恋上的时候，'黛玉'范；准备竞聘太太的时候，'宝钗'风。拿捏好了，事就成了。"

林珏真的乐了，居然走过去拍着她的肩膀说："不好意思，这些'风''范'我都有，你找别人吧！"

小三当场愣住了，再看不远处，高原脸色铁青，一脸暴君样。

林珏扬长而去，挽着高原的胳膊走了。不出她意料，没多久，小三就"辞职"了。她没追问原因，高原也没刻意解释，两个人的日子一如从前。林珏心里有数：这个小三不是唯一的一个，也不会是最后一个，但截至目前，她高太太的位子还是坐得蛮稳的。

林黛玉被宝玉钟爱却不能成为他的太太，不是爱情的力量不够

强大，实在是现实的杀伤力太强；薛宝钗能成功坐上宝二奶奶的宝座，不是因为她降伏了宝二爷，是因为她的气度更符合一个大户人家太太的标准。在一个人成为"标本"式的偶像时，她就会被很多人需要，就能在不动声色间打退对手，取得成功。生活是在对比中前进的，婚姻生活也不例外。男人的所谓主导权，其实不过是一个优胜劣汰的过程。有时候他选择的不是最爱的，只是最合适的。没办法，这不是在调侃爱情，只是在满足生活的需要。

延伸阅读

不得不说一下徐帆与冯小刚这段婚姻。

众所周知，徐帆当年当了很多年"小三"之后才被转正。也许正是知道其中的苦楚和"奥秘"，现如今，面对着功成名就、如日中天的老公，以及对他虎视眈眈、无所不用其极的年轻姑娘，徐帆的态度一直大气自如。远的不说，2009年轰轰烈烈的"夜宿门"事件，就足可见徐帆的"功力"。

冯导半夜三更带着美女回家，发生了什么大家都心知肚明。徐帆是不是"最后一个知道的人"，我们不得而知，但从她事后的反应来看，还真是无懈可击：一直在力挺老公，云淡风轻地无视，在老公事业上需要帮助时义无反顾地站出来。起码在镜头面前，你看不到这个女人心里有多酸、多苦。现在一年多过去了，徐帆还是冯太太。而将来无论他们是否能白头到老，徐帆都不会"惨败"，因为舆论会站在她这边。为什么？她该做到的都做到了，能忍的也都忍了，别人很难超越。万一真有那么一天，大家也只会说冯小刚不懂得珍惜。

　　徐帆上李静的节目时，有观众提问：冯导拍戏接触那么多女演员，你不担心吗？

　　她回答：有担心，但后来就不担心了。后来得这么想，你担心也没有用啊。他不怎么着，也有别人往上贴啊，都跟勇闯夺命岛似的，防不胜防。她说想开了，自己又没有吃亏，吃亏的是对方。

　　想开了，就能心定神不乱，就会做到极致，就不会输得体无完肤。婚姻如此，事业亦如是。

6.不要回报的姿态更接近 "收获"

小三语录：

　　我没有破坏你的家庭，只是不巧我爱的男人是你老公而已。

原配豪言：

　　有时候，男人宁愿舍弃爱情投奔恩情。所以他值得我们爱，所以他
只会选择我。

小三杀招：高歌猛进

原配拆招：哀兵政策

　　唐华当年确实是 "下嫁" 给了泽生。

　　那时候，他只是个有才却清高愤怒的知识分子，很穷，很不讨
人喜欢。可正是这种 "尖刻的傲慢" 打动了唐华，让家境优越、漂
亮端庄的唐华拒绝了排队追求她的人，义无反顾地选择了泽生。唐
华的父母反对无果，只能无奈地依从了女儿。

　　唐华说："他从来不求人，包括我。可他越是这样，我就越想
帮他，看他那个样子很心疼。"

　　唐华的父亲开了一家建筑公司，说白了就是一个体面的包工头。
可他有钱，并且很舍得给唯一的宝贝女儿花钱。而唐华呢，就利用

父母的宠爱，拿钱"求"着泽生去做他想做的事。刚结婚那几年，泽生确实折腾进去不少钱：开娱乐城赔了、开茶楼赔了、办培训学校赔了……唐华的父母不乐意了：这不是败家吗？有钱也经不住你这么糟蹋啊！给我消停点儿，到公司里去帮忙吧！

泽生虽心有不甘，但也没底气拒绝，就不情愿地去了。待了不到半年，泽生就死活不肯去了。唐华的父母大怒：真是烂泥扶不上墙，这也不行那也不行，就知道烧钱！有本事你自己搞出点儿名堂来！

泽生的倔脾气也上来了，扬言一定要不靠任何人，自己做出点儿成绩来给他们看。唐华心疼坏了，背着父母把自己的私房钱拿出来给泽生做本钱。泽生开始不想要，唐华说："就当是我借给你的，你将来赚了加倍还我不就行了？"泽生这才同意了。

可能泽生的霉运终于到头了。2000 年，泽生跟两个朋友一起开了一家概念餐厅，没想到真的火了。接着，一家一家的分店开起来，甚至还扩张到别的城市。唐华觉得自己苦尽甘来了，非常欣慰。而泽生也确实很地道，不但把财政大权全部上交，还对唐华格外地体贴、关爱。这下子，唐华的父母再也说不出什么来了，女婿事业有成了，对女儿又好，确实无可挑剔。

泽生常常对唐华说："我这辈子谁都可以背叛，就是不能背叛你。你不仅是我的爱人，也是我的恩人。是你，给了我无与伦比的自信。"

唐华感动得泪水涟涟，觉得自己所有的付出和等待都值了。一个男人对她珍重若斯，她还有什么可遗憾呢？

30 岁的时候，唐华还是很自信；35 岁的时候，她开始失落了。

钱可以延缓青春，但毕竟无法彻底地留住青春。她的皱纹对上泽生的意气风发，已经不协调了。一个女人陪一个男人一起成长的代价就是最后的"不般配"，所以，很多"想开"的年轻姑娘选择了"空降"到一个事业有成的男人身边——不管他有没有老婆。

其实，凭良心讲，何洋看上泽生，也不全是为他的钱。刚认识的时候，泽生就很坦白地说：他有老婆，而且老婆对他有情有义。何洋开始很不屑，觉得这只是男人惯用的一种伎俩——把自己伪装成情圣以引起女孩子的注意。一旦招惹上了，又可以拿来作为不负责任的理由：我早就说过了，我老婆对我有情有义，我不能背叛她。所以，我是不能离婚的。

可随着见面次数的增多，她发现这个男人跟她想象的不太一样：他很有趣，但从不刻意卖弄；他对女孩子比较体贴，但绝不轻薄。何洋也接触过不少有钱人，凭她对男人的了解，她觉得：一个男人能表现成这样，要么是真的正人君子，要么就是太会装了。但从概率上讲，装的可能性更大些。这年头，正人君子可比大熊猫还要珍稀。

何洋对泽生产生了兴趣，她想搞明白这个男人到底是一个什么样的人。结果，还没搞明白呢，她自己倒"陷"进去了。何洋是个行动派，先评估，再做计划，然后制订执行攻略可不是她的风格。看准了直接下手才是她这个"80后"性格女生的做派。

40岁的男人，是很难抗拒一个娇艳、热情的年轻姑娘的入侵的。特别是在她像藤一样紧紧地缠着你时，越挣扎便会缠得越紧。泽生的"抵抗"根本浇灭不了何洋的热情。两人都是"性格"中人，都有一股子折腾的欲望，久而久之，就一拍即合了。

泽生说：我有老婆了……

何洋的回答永远铿锵有力：我爱你。

妻不如妾，妾不如偷，这份"偷"的刺激渐渐让泽生欲罢不能。等此事传到唐华耳朵里时，两个人已经打得火热了。

唐华知道后，不吃不喝不动地在窗台上坐了一天一夜，别人怎么叫她也不理。泽生急了，立刻立誓保证，说今后跟何洋一刀两断，回家守着她一心一意地过日子。

唐华"醒"过来摇着头拒绝了："你现在凭什么说一刀两断？人家姑娘年纪轻轻的，被你招惹了，你一句话就想把人家撇开吗？"

泽生不知所措了："那你说怎么办？"

唐华沉默了一会儿，说："你别问我怎么办，问问你自己，你到底想怎么样。在情感上，你已经伤害了两个人，可这不是一个单纯的二选一的问题。如果你觉得跟她在一起比较快乐，我成全你。她还小，有些事情可能承受不了。孩子这边你放心，我会好好劝她的。但是，你就别跟我争孩子了，你不在了，总得给我留点儿念想。"

泽生怔怔地愣在原地，半天说不出话来。良久，他颓然地叹了口气，沉重地说："你永远都是这样，从来都不考虑你自己。"

唐华的泪水终于落了下来，哽咽着说："你的心不在了，我强留有什么用？还不如让你痛快点儿，将来你也能念我一点儿好……"

泽生再也忍不住了，抬手就给了自己一巴掌，咬牙切齿地说："我不是人！"

唐华拉住泽生，夫妻两人抱头痛哭。泽生说起从前的事，说起唐华多年来对他无怨无悔的付出，说起自己的一时糊涂和耐不住诱惑，结论只有一个：我既然犯了错，就会收拾好这个烂摊子。让我

选 100 次，我都会选择回家。

而那边，何洋似乎从来没有放弃泽生的打算。在他提出分手时，她固执地说："我不同意，我等你，总有一天你会回到我身边的，没有人比我更爱你。"

泽生给她跪下了，他说："我对不起你，我愿意尽我所能补偿你，但是，我无论如何都不可能离开我的妻子，这个你一开始就知道。今天我还想再告诉你一次：你今天喜欢的我，其实都是她的成果。她给了我太多你想象不到的东西，尊严、勇气、自信、无私的爱……在这个世界上，最爱我的人是她。"

被一个男人跪着请求放过他，是什么滋味？何洋终于知道了。眼前这个男人，在所有人面前都像一棵松一样伟岸而挺拔，唯独在面对他的妻子时会低下高傲的头。她一开始就输了，泽生给她的只是因刺激而衍生的欣喜，即便有喜欢，或者有那么一点点的爱，也敌不过唐华用"恩"和"爱"结成的网。他被困住了，也无意挣脱，谁让他是一个有"恩"必报的男人呢？

从那天起，何洋再也打不通泽生的电话了；去他常去的地方，也找不到他。他整个人消失得干干净净，像是从来不曾出现过一样。其实，泽生也确实不在本地。在他失魂落魄地回到家时，唐华递给了他一张飞往西雅图的机票。她温柔地说："你不是一直想闻着咖啡香无目的地闲逛吗？这次我就不陪你去了，我们下次再约？"

泽生给了她一个深深的拥抱，难得煽情地说了一句："我这辈子，最大的成就就是娶了你。"

唐华的泪水在眼睛里打转，但她忍住了，丈夫已经回来了，是值得高兴的事，为什么要哭呢？

　　泽生走了之后，何洋还是一直在找他，后来在泽生所开的餐厅里碰上了唐华。情敌见面，分外眼红，何洋的眼睛里像有一把把的飞刀飞出来，理不直而气壮地想用眼神杀死唐华。

　　唐华一直在笑。是啊，作为一个胜利者，是有资格笑的。

　　何洋说："我爱他，我不觉得有错。我没有破坏你的家庭，只是不巧我爱的男人是你老公而已。"

　　唐华耸耸肩："那又怎样呢？我老公还是我老公，一辈子都成不了你男人。"

　　何洋不服："你不觉得你很卑鄙吗？用所谓的恩情困住他，你很可悲，你知不知道？"

　　唐华笑了，气定神闲地说："有时候，男人宁愿舍弃爱情投奔恩情。所以他值得我们爱，所以他只会选择我。"

　　有一句诗是这么说的："没有翅膀的飞翔，更接近天堂"；而现在，我们要说一句："不要回报的姿态更易收获。"泽生肯"回家"，原因有很多，但最重要的一条，莫过于唐华这种无怨无悔、不求回报的姿态。泽生本就对唐华心存愧疚和感激，在唐华诚恳而痛苦地说"如果你觉得跟她在一起比较快乐，我成全你"时，他已经无路可退。而反之，如果唐华跟他闹、拿着从前的事数落他，他或许还是会回到她身边，可两人之间的感觉却一定会变。因为对心高气傲的泽生而言，过往那些让他感念不已的情义在此时已经变成了"要挟"。它一旦变了质，很多东西就会慢慢消失。这才是最可怕的。

　　何洋说得对，唐华老早就用恩情困住了泽生。她让他终生都有亏欠感，却又不给他"回报"的机会。一个有良心的男人，或许会犯错，但在"债主"需要他表现"偿还"的态度时，他一定会不遗

余力——就算他割舍的东西让他痛彻心扉，他也毫不犹豫。何洋虽好，但毕竟没到让他难舍难分；而最"折磨"他的，却是那份"欠着"的感觉。他有家，有温暖，关键的时刻，他必须回家。

当成龙"做了全世界男人都会做错的事情"时，林凤娇说了什么？

她说了四句话：

第一句话是：你怎么现在才打电话来，我等你的电话很久了。

第二句话是：孩子是无辜的，不要让孩子受到伤害。

第三句话是：如果需要我说话，告诉我，我会站出来。

第四句话是：如果我们母子需要你的保护，你还会保护我们吗？

成龙做了两件事：一是公开他和林凤娇近20年的婚姻关系；二是把自己的财产全部转到林凤娇名下。

许多年过去了，现在成龙会大方地谈起林凤娇，会在钱包里放着林凤娇的照片，会在不经意间流露出老夫老妻的恩爱和默契，并且坦然对媒体表示：自己最敬重的就是在自己身后默默奉献20年的妻子林凤娇。

这个结果，算不算美满呢？

也许我们看到的不是全部，可至少，忍辱负重的林凤娇等到了一个"花开"的结局。不管过程如何，对一个不想离开丈夫的女人而言，这已经是"圆满"的结局了。在家还完整的时候，这个事实就比一切都更有说服力。

　　"不要"，是客气话。真的不要，直接放手不就了结了吗？你可以说这是一种高级的"半推半就"，也可以理解成不动声色的"心理施压"，这不重要，重要的是最后"得到"了、"收获"了。

　　而我们这些"看戏的人"，不是也很乐意看到这样的结果吗？这世上，总是缺少皆大欢喜的大结局，有人喜，就有人忧。而所谓"结果"，也不过是一个相对折中的合理解决方案。你想要一个美妙的过程，又想要一个满意的结果，就是奢求了。在保证结果的前提下，当"哀兵"、"装"大度，又有何不可呢？

7.男人最想当的是"主心骨"

小三语录：

你怎么可以这么完美？我就不服气了！就因为你完美得不像人，害得我会拿你跟任何男人比较！比来比去，我还是离不开你！

原配豪言：

你是这个家的主心骨，我们娘儿俩都离不了你。

小三杀招： 无敌崇拜

原配拆招： 无限的家庭责任感

❦❦❦❦❦❦❦❦❦❦❦❦❦❦❦❦❦❦❦❦❦❦❦❦

即使是到了现在这种火烧眉毛的时候，艳丽居然还忘不了忙活店里那摊子事。唐华好笑地看着她，真不知道该说她淡定还是该骂她没心没肺。

艳丽正掐着腰跟供应商理论，强悍、霸道又滴水不漏，供应商基本上插不上嘴。虽然稳占上风，但她明显带着一股子焦躁情绪，像是要把痛苦全部在这里发泄出来。

好不容易把人打发走了，艳丽才有工夫坐下来跟唐华诉苦。她说："姐啊，你可得给我拿个主意，我让人抄了后院，这口气我咽不下！"

原来，艳丽的老公孟诚前几天突然提出了离婚。这让艳丽措手不及，她有点蒙：你总得告诉我原因吧！

孟诚坦白地说："我在外面有人了。"

艳丽气了个半死，几乎把家里所有东西都给砸了。孟诚却不为所动，不解释、不阻拦，扭头就投奔小三去了。当然，走之前还特地叮嘱了一下："你最好先别跟孟梦瞎说，如果影响了她的中考，我跟你没完！"

艳丽跟孟诚结婚12年了。在此之前，感情一直不错，连架都很少吵。当然了，说这感情是突然破裂也不对，因为最近这两年孟诚的脾气明显比以前坏了许多。艳丽心粗，以为他就是工作太忙了，累的，因为她也常常忙得连说话的力气都没有。再说两人都老夫老妻了，没那么多话说也正常，没想到会这么严重，居然闹到了离婚的地步！

"你们这段时间吵过架吗？"唐华冷静地问她。

艳丽想了一下说："去年有阵子，他总找事，一会儿嫌我整天不着家，一会儿嫌我脾气不好，臭毛病可多了。我懒得理他，后来他自己也就老实了，"说到这里，艳丽突然回过味来了："哦，敢情他那时候就有外心了啊！"

2007年，女儿升初中的时候，成绩不是很好，艳丽怕她考不上大学，就想多赚点儿钱，以后供她出国。于是，她就和孟诚商量，要辞职去做点儿生意。孟诚开始不同意，说要辞职也得我辞职，你一个女人家，在外面跑来跑去地赚钱，这不是打我的脸吗？艳丽坚决反对："你不就是喜欢画画吗？让你去做买卖你会吗？你啊，就在学校里安心画画，将来画成大画家了，我们娘儿俩也跟着沾光。"

就这样，艳丽一咬牙，拿出家里的存款，又去银行贷了些钱，搞了一个装修公司。多苦多累就不用说了，看到银行卡上的数字呼呼地直往上涨，艳丽心里别提多美了。这好日子没过几天，孟诚就在外面找小"三"了，艳丽又气又恨：我辛辛苦苦在外面打拼，是为了谁？你现在成教授了，混出来了，就想抛弃糟糠之妻了？门都没有！老娘坚决不干！

唐华看着艳丽咬牙切齿的样子，禁不住想乐："你这都一嘴泡了，火还这么大？"

艳丽差点没把桌子掀了："我让你来是给我出主意的，不是看笑话的！"

唐华笑着摇头："你家老孟那么大男人，能欣赏得了你这女霸王式的温柔？"

艳丽眼睛一瞪："我就是不会腻腻歪歪，有什么办法？"

唐华正色道："不会也得会，想把你老公拉回来，就得先把你身上这些硬邦邦的臭毛病改了！"

这天下午，孟诚正在陪小三逛街，手机突然就响了。一看是家里的电话，他有点儿犹豫，不知道该不该接。小三嘟着嘴不高兴了："肯定想骗你回去呢！你自己看着办吧！"

孟诚一想也是，就把电话挂了。没想到，手机一直响，如此重复了好多遍，孟诚有点儿不放心了："是不是家里真有事啊！"

小三一甩手，小脸拉了下来："你想回去就直说，用不着找理由！"

没办法，孟诚只能先安抚她。正好手机也消停了，两人都以为不会再有事了。没想到，半小时后，有陌生号码打过来了。孟诚一接起来，就传来女儿孟梦的哭声："爸爸，你怎么不接电话呀？妈妈晕过去了，你快来啊……"

孟诚心里一咯噔：这不可能有假。艳丽太要强了，尤其是这几年，简直像打了鸡血一样，好像闲下来喘口气就是罪过。生病了也是死扛着，要不是真出了事，女儿不可能吓成那样！想到这里，孟诚再也没心情闲逛了，丢下小三就往医院跑去。

小三不干，拉着他不放，说孟梦帮着艳丽骗人。孟诚有点儿不高兴了："孟梦很单纯，也不知道我跟她妈妈的事，怎么可能骗人？"当下也顾不得小三撒娇发嗔，急匆匆地赶到了医院。

到了医院一看，孟诚着实吓了一跳，他已经很久没有看到艳丽如此糟糕的情况了：脸蜡黄蜡黄的，头发也乱糟糟的，整个人没有一点儿生气。女儿在旁边直掉眼泪。

孟诚心里很不是滋味。听医生说，艳丽是因为劳累过度，加上心情不好，所以才病倒了，在未来的一段时间内，她需要在家静养，不可过度操劳。他暂时放下一半的心，又虎起脸问女儿："你不是去补习英语了吗？怎么没去？"

女儿哭着说："老师今天有事……"

孟诚看着这娘儿俩，心里酸酸的。那股子澎湃的怨气只能暂时搁下，承担起一家之主的责任。艳丽病了，公司的事没人打理，孟诚只能硬着头皮去帮忙；家里的事没人管，他也得父兼母职，照顾女儿，还得安抚她的情绪。

没几天，孟诚就切身体会到了妻子的辛苦。一个女人，既要忙公司的事，又要照顾好家里，多累啊！艳丽虽然脾气不好，但从来不拿家里的事烦他，让他可以专心地画画。他能有今天，不就是艳

丽以变成"男人婆"的代价换来的吗？

心软了，行动上就更积极了，孟诚没原来那么不情愿了。让他惊奇的是：艳丽醒来后居然流着泪向他道歉。她说："这几年我太忙了，顾不上你，是我不对。你别跟我一般见识，也别说气话。你真不想要这个家了？你又不是不知道孟梦多崇拜你，她要是知道了，肯定会出事！你可是这个家的主心骨，我们娘儿俩都离不了你。我以前还以为我多了不起，什么事都能一个人搞定，现在看看，还真不是那么回事！唉，女人啊，再强也得有个家啊！"

孟诚既难以置信，又有些愧疚，不自在地说："我就是烦你这脾气，硬邦邦的，一开口能把人呛死。以前还没这么严重，这两年不知道怎么了，天天跟火药筒子似的……"

艳丽在家当了半个多月的甩手病号，什么也不管，什么事都让孟诚拿主意。孟诚被家里"拖"住了，自己本身又忙，跟小三就不能像以前那样频繁见面了。小三是他从前的学生，人活泼可爱，就是有时候不太懂事。孟诚喜欢她，就是因为她这点儿小女孩脾气。可现在，他消受不住了。因为这任性的小姑娘根本不相信他家里有事，反而指责他骗人，又说他玩弄她的感情……一顶顶的大帽子扣下来，孟诚就不太高兴了：想当年，可是你倒追的我，说我是你的偶像、说我做什么都是完美的，现在又说这个？

这位小三在倒追孟诚的时候，有句非常响亮的名言："你怎么可以这么完美？我就不服气了！就因为你完美得不像人，害得我会拿你跟任何男人比较！比来比去，我还是离不开你！"

说实话，孟诚就是被她这句话拿下的。现在事实证明：小姑娘的崇拜是有条件的。他不可能永远像"神"一样地活着，也没有那么多的精力无时无刻地安抚不懂事的情人。而那边，艳丽却在用另外一种方式"改善"着他们婚姻的质量。

艳丽跟孟诚约定：既然你提出离婚，肯定是对我们目前的婚姻状况不满，那就说明我们两人都出了问题。就算是看在孩子的份儿上，我们再努力一段时间，在她中考结束之前，我们都不要提离婚。我呢，会努力改改你不喜欢的那些臭毛病；你呢，暂时也辛苦一下，多担待一些，再试试，行吗？

虽然都是"被需要"，但家里既没那么咄咄逼人，也没那么多花招折腾他。渐渐地，他回家越来越早了。

女儿中考结束了，孟诚也没再提离婚的事。艳丽暗地里松了一口气，打电话对唐华说："我装怂还真有效果啊！"

唐华笑着说："男人都要面子，他喜欢被需要的感觉。你什么事都能自己解决了，他不成摆设了吗？你得给他制造参与感，让他觉得自己脱不开身。他心理平衡了，你的婚姻就牢靠了。"

延伸阅读

前段时间热播的《婚姻保卫战》中，有一个很经典的小三——张瑾。

这位娇滴滴的女老板，示弱、放电双向进行，全方面施展魅力，把好男人郭洋"勾引"得"变了心"，差点儿就让婚姻解体。看吧，她都是怎么做的：

她说她很需要郭洋——我那工程，离了你不行！我真的非常非常欣赏你的设计！男人嘛，都很享受被人欣赏的感觉。尤其对方还是个漂亮、有钱的女老板，这份强烈的

"赏识"自然把他的虚荣心喂得饱饱的。而张瑾的高明之处就在于她很善于利用自己的女人优势出击，在必要的时刻，充分发挥"女老板"的性别优势，让一个男下属既有面子又有怜惜：瞧瞧，一个弱女子，操持着这么大的摊子，多累啊！难得人家还咬牙顶下来了，咱得多担待些！

于是，郭洋就在不知不觉中被"套"住了。张瑾呢，就阴魂不散地跟在郭洋身边，一边扮小女人，楚楚可怜，处处依赖郭洋，常常弄出一些暧昧的小花样，比如找借口在郭洋面前伤心落泪，貌似脆弱地靠在郭洋肩膀上；另一边又在郭洋面前适时地抛出她对婚姻的独特见解，让郭洋这个被家庭矛盾弄得焦头烂额的男人对她刮目相看。

这一番闹腾，让本来婚姻就出现问题的李梅和郭洋更加问题重重，好好的一个家庭变得鸡犬不宁。眼看着一对曾经的佳偶就要分道扬镳，郭洋却最终刹住了车。他说一个人在婚姻中难免会开小差，但能在将要"跑偏"的时候刹车回到原来的轨道，就不算原则性的大问题。

男人的天性就决定了他们想当"主心骨"，不满足他这个愿望，会降低他对婚姻的满意度。所以，女人可以优秀，但不能太"爷儿们"了——毕竟男女有别，他娶的是妻子，不是"性别混乱"的女强人。

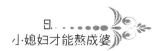

8. 小·媳妇才能熬成婆

小三语录：

　　不离婚，别来找我！

原配豪言：

　　"你回来了？累不累？"他要的就只是这一句话而已。

小三杀招：釜底抽薪

原配拆招：忍辱负重

　　都接近凌晨了，群里又热闹了起来。有个网名叫"齐风"的女人发来一个博客地址，说老公海天找了一个小三。这小三是个狠角色，不但天天在博客里晒恩爱，还硬气地对她老公说："不离婚，别来找我！"结果，老公虽然还没提离婚，但却天天焦躁不安、处处找碴儿，恨不得她犯点儿什么错好拿来当成把柄。齐风气不打一处来，却无计可施，这一个月来睡不好、吃不好，一直上火，嗓子发炎，还起了一嘴泡。现在是实在没办法了，想让群里的姐妹给支支招。

　　听齐风说完这些情况，祁月发过去一个狡猾的笑脸，说："他想让你犯错，你别犯错不就行了？他现在正是脑子发热的时候，根

本不知道自己想要什么。"

齐风打了一个问号："你的意思是不要强硬，用软实力打败小三?"

"那边逼得太紧，你就松弛一些，他不会喜欢两面夹击的感觉的。你不哭不闹当个小媳妇，首先他挑不出毛病来发作；其次，他喘不动气了还能回家休息一下。老男人了，不傻，时间久了，会明白过来的。"

齐风稍微定下心来，按照祁月的授意，慢慢拟出了一套"行动方案"。

第二天早上，齐风起了个大早，去给海天买了他最爱吃的蟹黄包。回家又给他找好衣服、挤好牙膏，一切准备就绪之后才把他叫起来。这样的待遇，从前不是没有过，只是海天很久都没享受过罢了。因此，陡然间又被"伺候"上了，海天有点儿不适应。而齐风呢，却像是一如以往，还低眉顺眼的一脸心疼："你最近工作上是不是有什么事？我也一直不敢问，怕你心烦。你看看，你都愁成什么样了？唉！别那么拼命，我跟儿子又不求你大富大贵，咱们一家人平平安安的，我就心满意足了。"

海天什么都说不出来，总不能坦白地跟她说：我外面有女人了，逼我跟你离婚，我正愁该怎么办呢！结婚这么多年来，她从无大的过错，对家、对老人和孩子还有他，可以说是尽心尽力。正因为这样，海天才格外纠结。而且，他对齐风此时的表现很没办法：她越是贤惠体贴，他就越开不了口，也狠不下心去找碴儿。

而这，正是齐风的目的。不出她所料，海天只是含含糊糊地说：最近刚接了一个大项目，压力特别大，情绪不好。齐风虽然心知肚

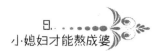

明是什么事，却也不点破，还一本正经地"相信"了，柔声细气地劝慰了他半天。

两个人各怀心事，却终于有了这一个多月来的第一次和谐相处。一个心痛如绞还得若无其事地装小媳妇，一个愧疚不安又不知如何解决问题，谁能耗到最后，不得而知。

从那天起，海天回家就享受到了春风般温暖的照顾，齐风的周到细致真让他无话可说。就连平时调皮捣蛋的儿子，也在妈妈的教育下懂事了很多，不再像从前那样一个劲儿地缠着他瞎闹。如此一来，海天倒不适应了。有一天，他跑到儿子的房间里，看到儿子正一个人念念有词地玩"大黄蜂"，禁不住乐了，凑上去把他抱了起来。儿子自然很高兴，却还是天真地问道："爸爸今天不忙吗？"

海天回答说："不忙，爸爸陪你玩会儿。"

儿子拍着手大声说好，兴奋不已。原来，齐风跟儿子说：爸爸最近很忙，心情不太好，我们要帮爸爸减轻压力，让他高兴起来。你乖乖地听话，别总去闹爸爸，让他安安心心地忙过这阵子，好不好？

海天心里很不是滋味。自己出轨了，"不知内情"的妻子却不遗余力地支持、安慰自己；反观那边，逼得死紧，他有点儿微微地恼怒。

齐风能感觉到老公的心理变化。起码他不再像前段时间那样无理取闹了，跟他们母子的温情互动也越来越多了。她冷笑，却没有多少成就感：老公出轨了，背叛了他们婚姻的诺言，这是事实。而她，却不能名正言顺地为自己讨回公道，还得为了守住这个家而强迫自己如此卑微。她说不上来值或者不值，只知道自己别无选择，

必须这么做。

从前海天的周六一般都是"贡献"给小三的。因为工作日确实很忙，没有多少时间温存，只有周末可以多腻会儿。而齐风的第二步，就是把周六的时间也抢回来。

儿子一直想学轮滑，齐风怕他摔着，始终没答应。在儿子再次请求的时候，齐风同意了，但有一个条件：你得在爸爸的监督下学习（海天是个轮滑高手）。如果他不同意或者没时间，那就没办法了。妈妈不会，陪着你也教不了你。

儿子大喜过望，第一时间去向爸爸请求支援。海天有点儿犹豫：有心答应吧，又怕小三跟他闹；不答应吧，又不忍心让儿子失望，小家伙可是盼了好久才争取到这个机会。正琢磨着，电话那边的齐风"帮"他下定了决心。他听到齐风小声地对儿子说："爸爸真的很忙，我们不要打扰他，好不好？"

海天不再犹豫了，果断地说："好啊，爸爸陪你去。"他实在无法忍受那份沉重的愧疚了。儿子让爸爸陪着去玩轮滑，只是一个再简单、再正常不过的愿望，而他，却因为自己的私心，让妻儿"求"着他。更过分的是，他还"逼"他的妻子为他找借口，去剥夺儿子的童年！海天无法原谅自己，尤其是在听到儿子不加掩饰的欢喜和妻子小心翼翼又"难以置信"的询问之后，他更加坚信自己做对了。

小三自然不乐意，又跟他掰扯起来，说："你根本就没有诚意离婚，不但不赶快解决问题，还把属于我的时间都拿去搞天伦之乐，你这分明就是玩弄我的感情。"

海天耐着性子哄了半天，小三却一直不依不饶，半撒娇地要他取消跟儿子的约定。海天自然不同意，说不能对孩子失信。不用说，两个人闹得不欢而散。

每个周六，海天都陪着儿子去学轮滑，父子俩玩得不亦乐乎。而齐风呢，就在家里收拾一下屋子，并且精心准备一桌饭菜，都是老公和儿子爱吃的。她已经很久都没有这么好的心情做饭了。海天每次带着儿子回家，都会有他最喜欢的音乐和一室的菜香欢迎他，当然还有妻子温柔的笑脸。这份久违了的感觉，让他异常地安心。

海天开始猜测妻子到底知不知道他的事情。从表面上看，她像是什么都没发现；可仔细一琢磨，又隐约觉得她最近的很多行为都颇有深意。他发现自己对这件事有了探究欲，于是就开始观察起妻子的一举一动。

齐风当然觉察到了老公那些莫名其妙地打量。但她还是装作什么都不知道的样子，一如往常。她还发现，老公似乎特别欣赏她最近的一个小细节：他每天回家的时候，她都会接过他的外套说上一句："回来了？累不累？"

每当这时候，海天整个人都显得格外温情。齐风意识到自己的怀柔政策奏效了。祁月跟她说："继续加大马力，再坚持一段时间就可以收网了。"

海天知道自己必须要做一个选择了。不是因为他对小三彻底没兴趣了，是因为实在受不了她那份"逼迫"。她坚持要他离婚，可他又离不了婚。"那好吧，你不离婚，我们就分手。"小三如是说。海天也曾试图"挽回"过，可小三却借着他"挽回"的意愿寸步不让地要他离婚。他可以理解对方这份心情，可他实在做不到。根本的问题无法达成共识，两人就没办法继续下去。"无奈"之下，他只能跟她好聚好散。

齐风给祁月发短信:"应该是断了,这两天正要死不活地在家里治疗情伤呢!"

"那你不怕他们死灰复燃?"祁月永远都忘不了开玩笑。

"怕啊!可这种事又不是我说了能算的!最多也就是在那火星子准备复燃的时候,我冲上去浇点水,扑灭了。反正我也想开了,他最后能回来,我就谢天谢地了。"

能熬成"婆"的,大都经历了小媳妇忍辱负重的阶段。这种坚守的姿态,本身就是一种强硬的对抗。而有时候,男人很好打发——"你回来了?累不累?"他要的只是这一句话而已。

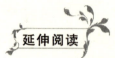
延伸阅读

托编剧的福,我们有幸在赵薇版的《京华烟云》里,看到了一个大家闺秀式的、忍辱负重的"小媳妇"姚木兰。

先不说这"突破性"的改编如何震撼我们的视觉,反正林语堂先生已经不在了,他老人家都没办法干涉,我们作为一个普通的读者、观众,就只能"被迫"接受这个更"迎合市场"的改编。

苏亚变成了一个叛逆花心的风流少爷,木兰则配合着他变身顾全大局的小媳妇。片方说了:这是为市场考虑。好吧,我们接受这个说词。市场为什么喜欢这样的桥段呢?或许是因为新版的《京华烟云》中,木兰"调教"并且"守候"苏亚的过程更科学、更有看头。

为什么"科学"呢?

就是三个字:小媳妇。

　　男人或许不会钟爱小媳妇，却很难轻松并且问心无愧地抛弃她们。毫无疑问，婆婆们是喜欢这样的媳妇的：事上尽心尽力，克下守礼有方。既能低眉顺眼、无怨无悔地侍奉公婆，又能把家里的事打理得井井有条，对老公也宽容忍让、体贴爱敬，那么，即使再刁蛮的婆婆对她们也挑不出致命的毛病。

　　而男人呢，但凡还有"良心"这个东西存在，就不可能不管不顾地抛弃这样的老婆：她都已经把头低到尘埃里去了，你还能狠着心把她彻底压到土里"活埋"了？你要么陪她这么低着头过一辈子，要么就得让她挺直了腰理直气壮地生活。"爱情"的保质期有限，现实的生活才是王道。

9.结婚关他妈的事

小三语录：

　　我们只是相爱，跟别人有什么关系？

原配豪言：

　　他妈妈、我婆婆，只认我这一个儿媳妇。他是个孝子，所以，结婚
关他妈的事。

小三杀招：海誓山盟

原配拆招：以孝制胜

　　可能是觉得有点儿丢人，楼珊坐到秦襄她们面前的时候，头一
直是低着的，还戴了一副超大的墨镜，好像这样就可以挡住她所有
的难堪。

　　秦襄等人不动声色地对望了一眼，默契地保持了沉默。这时候，
楼珊最需要的是倾诉。她们做一个最好的倾听者，就是对她最大的
安慰。

　　楼珊的老公刘伟已经整整 40 天没有回家了，铁了心要跟她离
婚。打电话不接，发短信不回，到公司也不见。小三现在已经公然
跟他出双入对，以夫妻相称。楼珊试过各种方法：哀求、用旧情拉

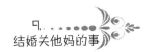

拢、搬出女儿，都不管用。刘伟跟小三的口径很一致：我们已经没有感情了，再耗下去对谁都没有好处。至于女儿，你不用担心。我跟你离婚，并不影响我做一个好爸爸，我依然会给她最好的生活。

"我要还有点儿骨气的话，干脆跟他离算了。可一想到我女儿，我就心软了。别的不为，就为孩子我也不能离。我女儿，她……她接受不了。"说到这儿，楼珊终于忍不住大哭起来，像是把她这些日子的心酸一股脑儿地发泄出来。

祁月沉默着递上纸巾，楼珊接过去，终于摘下了那副碍眼的大墨镜。

这是一个清秀端庄的女人。一双眼睛红肿不堪，面容也相当憔悴，看得出来她最近确实饱受煎熬。

楚悦突然开口问道："你老公想跟你离婚，所有人都知道了吗？"

"……朋友们都知道了，家里的老人暂时还不知道。"

秦襄微微一笑，温和地问道："是你压着不说，还是他就压根儿没通知？"

楼珊一愣，过了一会儿才回答道："我婆婆高血压，性子比较急，一生气很容易昏厥过去。他不让说，我也不敢，真出了事我负不起责任。我家人那边，他让我通知，我一直没说。"

唐华一拍手，冷笑着说："他还不是什么都不忌讳的。如果一个男人真的铁了心分手，他就没什么顾忌的了。如果我没猜错，他应该挺孝顺的吧？"

"是，特别孝顺。从来不惹他妈生气，对我的家人也很尊重。"

刘伟的父亲30岁就去世了，是他的母亲一个人含辛茹苦把他们姐弟俩养大的。刘伟也许对别人不地道，但对母亲却是恭敬而孝顺。

这次闹离婚，也是瞒住了母亲的。他想先斩后奏，等木已成舟之后再带着新媳妇回老家负荆请罪。跟楼珊闹分居之前，他一再叮嘱她：不准跟妈妈讲，一个字都不要提。真出了事，跟你没完。

"你婆婆喜欢你吗？我是说，如果这件事抖出来，你觉得她会偏向谁？"楚悦慢条斯理地说。

"……我妈妈过世早，我从小没有妈妈，就对婆婆很好。婆婆也拿我当亲闺女，这件事，她可能会站在我这边。不过也说不准，毕竟那是她儿子，我跟她再亲，也是隔了一层。"

楼珊跟婆婆感情很好。有一年，婆婆骨折了，在床上躺了好几个月。楼珊像照顾亲妈一样，把婆婆照顾得无微不至。当时刘伟在外地有项目，脱不开身，是楼珊一手把婆婆伺候好了。当时刘伟感动坏了，口口声声说以后好好报答她。结果呢，这话还热着，情就已经变了。

前年，因为姐姐家出了点儿事，婆婆就回了老家。就在这不到两年的时间里，小三出现了，并且迅速做完了抢班夺权的前期准备。刘伟声称铁了心要离婚，楼珊闹过，动之以情、晓之以理过，可都无济于事。对刘伟的绝情，楼珊可谓是伤心透了。那股子冲动的劲儿一上来，她真想遂了他的意，潇洒地走了。可再一想想上小学的女儿，她就心软了。

女儿很崇拜爸爸。人虽然不大，但却很敏感。这段时间没看到爸爸，她已经起了疑心，学习成绩也下降了不少。老师说她上课经常走神，也不像以前那么爱说话了。看着郁郁寡欢的女儿，楼珊心如刀绞。

祁月撩撩头发，调皮地说："那你还等什么？都什么时候了，

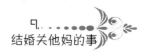

快请老人家出马吧！"

在秦襄等人的授意下，楼珊开始一步步地采取措施。

首先，给刘伟的姐姐打电话。楼珊哭得很凄惨："姐姐，我真是没办法了。本来不想让你和妈心烦的，可他怎么也不肯回家……聪聪都瘦了好几斤了，成绩也往下掉……姐姐，你可得帮帮我啊！"

只哭不诉，一句刘伟的坏话都不说，就说女儿想爸爸。刘伟的姐姐一听，火冒三丈，马上就给弟弟打电话，骂了个狗血喷头。婆婆知道后，火烧火燎地让刘伟的姐姐去买票，当天晚上就赶到了刘伟家。一见到楼珊，婆婆就握住她的手老泪纵横地说："闺女啊，我们老刘家对不起你啊！"

到了这时候，楼珊反倒宽慰婆婆："您别上火，他可能就是一时糊涂，关键是外面那个女人死缠着他不放。您也知道，您儿子就是心软。"

婆婆一看媳妇这么委曲求全，又愧疚又生气。愧的是让媳妇受委屈了，气的是儿子不知道珍惜。老人家生平最恨抛妻弃子的陈世美，听说自己辛辛苦苦养大的儿子居然做了这么"不要脸"的事，气坏了。到达儿子家的那天晚上，老太太就病倒了，可能是又气又累给折腾病了。

刚到医院没多久，刘伟就来了，一脸的焦虑："怎么了妈？要不要紧？"回头又冲楼珊发火："你就见不得我妈好是吧？这事没完……"

话还没说完，婆婆抬手就给了刘伟一巴掌："你还好意思发脾气？我这是让谁气的？我怎么就养了你这么个混账东西！刘伟啊刘伟，做人要有良心啊！聪聪她妈妈是怎么对我的、怎么对你的、怎

么对你姐姐的，你心里没数吗？现在为了个不知道从哪里跑出来的
女人就离婚？你这是作孽啊你！你给我听好了，你非得离婚，我就
去登报跟你断绝母子关系！"

刘伟一听急了："您这是干什么？这事跟您有什么关系？我们
是感情不和……"

"你忘了你姐姐了吗？她为了什么想死？你那时候不是恨得要杀
了你姐夫吗？啊？伟啊，咱知道那滋味，不能去干那种缺德事啊！
你说说，聪聪她妈妈哪里不好？你们结婚这些年，我的脚都是她给
洗的！我们老刘家娶到她这样的媳妇，是上辈子烧了高香了！你这
个混账东西还不知足。我今天把话放在这里，别人的儿子我管不了，
我的儿子我就不能看着他胡来。"

刘伟不敢跟母亲硬拧，但还是口口声声说他们已经没有感情了，
再过下去只是互相折磨。婆婆直接下了最后通牒："有没有感情你
说了不算。今天你不搬回家，我这病也不治了，眼不见、心不烦。
去那边见了你爸，我就先跟他赔罪，没把他儿子教好，我对不住
他。"

到了这份儿上，刘伟再不情愿也得让步了。老婆的事可以先放
下不谈，亲妈可只有一个。小三当然也不会坐以待毙。一边情意绵
绵地跟刘伟诉衷肠，一边想尽办法让刘伟的妈妈认可她。可惜，老
太太不吃这套。无论怎样，只有一句话：我这辈子只有一个儿媳妇，
只有她不认我，没有我不认她。

不但如此，老太太还把刘伟所有能挤的时间都给"榨"干净了。
不是拉着他痛说革命家史，就是细数楼珊的种种好处，再不就是让
女儿缠住他。

一来二去，"约会"的时间渐渐少了，感情就淡下来了。再加上小三沉不住气地闹，刘伟更烦了，那股子想要离婚的冲动就渐渐没了。

两个月后，楼珊给秦襄打电话，约她们出来聚一聚。

楼珊说，刘伟已经正式跟她道歉，并且表示那边已经彻底断了。这次来见她们，就是特地来道谢的。

据楼珊说，不知出于什么心态，小三居然约过她一次。一见面就气愤地说："你利用老人家来留住男人，不嫌丢人吗？"

楼珊平静地说："那你抢我的老公，就不嫌丢人吗？你做事情之前都不想想别人吗？"

小三理直气壮："我们只是相爱，跟别人有什么关系？"

楼珊一字一顿地说："你爱的男人是我男人，他就跟我有关系！他妈妈、我婆婆，只认我这一个儿媳妇。他是个孝子，所以，结婚也关他妈的事。"

楼珊能打赢这场婚姻保卫战，婆婆可谓是功不可没。在所有人都在头疼婆媳关系的时候，这对婆媳的联手出击着实让人眼前一亮。一个女人或许不能一辈子留住她的男人，但是，如果她有能耐收服他的家人，那么，有了这些后盾的支持，她至少会多了很多胜算。

延伸阅读

还记得当年那个风华绝代的"小倩"是如何败北的吗？

当年王祖贤跟林建岳的那场情事可谓是天下皆知。为了她，林建岳要抛弃从无过错的糟糠之妻谢玲玲。为博美人一笑，林公子常一掷千金。在两个人的高调恩爱之下，

是谢玲玲的黯然和齐秦的伤恸。

王祖贤和林建岳公开关系之后，圣诞节期间，王祖贤与林建岳双双飞到加拿大滑雪度假，随即又到美国著名赌城拉斯维加斯开心了几天。随后，两人还去了夏威夷享受阳光与海滩的温暖。当时有媒体报道：估计林建岳与王祖贤是来真格的了！

可是，林建岳的母亲在接受记者采访时却说：他们根本就不会超过两年的！而且，林母还宣称：坚决不认王祖贤，就当是儿子叫了只鸡！

而本次事件的受害人谢玲玲，却一直得到公婆的力挺。多年后，谢玲玲与林建岳虽然还是以离婚收场，但是多年来，她却一直离婚不离家，不曾离开过林家大门。在林家二老的挽留和支持下，她还是一如既往地在林家照顾公婆，遇到重要场合，她还会陪同出席！

我们的小倩则在1996年年底跟林建岳分手，一个人黯然飞往加拿大！

看吧，这就是现实。如花的容颜终究敌不过一个女人任劳任怨的无悔付出。通往豪门的那张通行证，常常不是由爱的那个男人颁发的。没有家长"盖章"，所谓"相爱"只是一张空头支票。

所以，对于很多"感情"，我们只能说：同情你们的爱情，哀悼你们的结局。

10.满足他一切"犯贱"的需求

小三语录：

"犯贱"是男人的基本需求，如果满足不了，他就会不得安宁。

原配豪言：

男人是喜欢"犯贱"没错，但绝不会娶个"贱人"回家。

小三杀招： 助纣为虐

原配拆招： 邪不胜正

周末，艾琳约祁月去赛特玩，说是带她去见个人。

祁月正想出去松松筋骨，就兴冲冲地答应了，还特意拉着艾琳收拾了一番。

艾琳还是不太习惯自己这身装扮，连走路都不自在了。时不时还四处打量一下，好像生怕别人认出她来。祁月觉得好笑，附到她耳边大声说："害怕就别来啊！来都来了，就放开胆玩吧！"

祁月拉着艾琳去跳舞，又跳又叫，一点儿都不像个"孩他妈"。艾琳既羡慕又有点儿心酸，一时间五味杂陈，脸色暗了下来。

祁月虽然有时候很"疯"，但还是个心思细腻的人。她敏感地发现了艾琳的不对劲，也没心情跳舞了，抓着艾琳就出去了。

刚走出"赛特"的门口，艾琳就已经满脸是泪了，蹲在路边大哭了起来。

如果所有的爱情都只有一个美好的开始，那么，那个支离破碎的结局岂不是显得很可悲？谁会想到，当年爱得轰轰烈烈、死去活来的艾琳和高远会同床异梦呢？

高远追艾琳的时候，是下了大本钱的。艾琳一直是个乖乖女，特别听父母的话。妈妈说："不要找外地的男孩子，有的人动机不纯，找北京女孩子就是想混个北京户口。"妈妈还说："不要找学艺术的男生，太乱，又不定性，容易受伤……"这一切的"不要"中，高远全占了。

艾琳当时不敢答应，像小白兔一样诚实地说："我妈妈说不行。"

高远是个不肯服输的主儿，加上他真的特别喜欢艾琳，居然屡败屡战，花招百出地整整追了她两年。到后来，连艾琳的妈妈都感动了，松口说："要不你们就试试吧。"

正在纠结的艾琳就顺水推舟，成了高远的女朋友。那两年，艾琳简直让高远宠成了一个公主，身边的同学、朋友没有不羡慕的。高远有一句名言，曾经震撼了全学校："我不信天，不信地，就信艾琳。"

艾琳是个很传统的女孩子，一旦爱上了一个人，就把他当成了全部。自从做了高远的女朋友，她眼里就只有这一个男人。说什么、做什么，都会想到他。而高远又是个感情外露的人，几乎是丝毫不掩饰他对艾琳的爱。他们掏心掏肺、毫无保留地爱着对方，如胶似漆的模样让不少人眼红过。

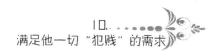

祁月当时打趣她说："你们俩是不是离了对方就没法过下去?"

艾琳羞得满脸通红，居然点头承认了。

两个人甜甜蜜蜜地谈了几年恋爱，毕业后的第二年就结婚了。接下来，生孩子、拼事业，但结婚才不过短短的 4 年，高远就出轨了。

从朋友嘴里得知真相的时候，艾琳当场就蒙了。她不相信，觉得这只是一个恶作剧式的玩笑，可朋友躲闪的态度和怜悯的目光让她不得不信。

高远不承认，说她无事生非、凭空瞎猜疑，还说两个人之间如果不能相互信任会很可悲。艾琳没有证据，又不能把朋友供出来，只是一个劲儿地哭。高远哄了半天，又摆事实又赌咒发誓，才算是把艾琳安抚下来。

看起来事情是过去了，可艾琳却存了个心眼，"威逼利诱"一个朋友帮她做眼线。于是，她终于在赛特将高远和小三抓了个正着。高远又吃惊又心虚还有点儿恼羞成怒，小三则一脸坦然和挑衅。艾琳连教训他们的力气都没有了，摇摇晃晃地出去了。

高远后来解释说："我就是玩玩，没打算跟她怎么着，以后保证不跟她来往了。"

男人有了"奸情"之后的保证能算数吗? 当然不能。高远和小三还是打得火热。

那小三就在赛特跳舞。年轻火辣，什么事都敢做，那股子满不在乎的劲儿让高远欲罢不能。

祁月气呼呼地说："他就是犯贱!"

艾琳眼泪汪汪地看着她："怎么办? 祁月，你帮帮我，你不是

一向最有主意的吗?"

祁月想了想,狡猾地笑了:"艾琳,你先带我去会会她,看完了我就告诉你怎么办。"

从赛特出来的时候,祁月就有了主意。她对艾琳说:第一,这姑娘一看就不是个三贞九烈的主儿,绝对不止高远一个男人;第二,高远确实没骗你,他就是正玩得上瘾,一时半会儿戒不掉罢了;第三,从现在开始,你回去别再给高远甩脸子、闹脾气了,就当是你已经相信了他,越"小白兔"越好。

艾琳虽然有点儿迟疑,但还是答应照办。

第二天,那个叫小青的小三身边就出现了三个年轻帅气又阔绰的男孩子。三个人都对她有好感,满嘴的甜言蜜语,外加不错的身家,把小青哄得心花怒放。但是,她也不傻。在这个地方出没的男人,没几个靠谱的。他们今天能对她深情款款,明天也能同样对待别的女孩。可这有什么关系呢?跟这些有钱的"富二代"暧昧着又没有什么损失。

高远还是迷恋着能带给他无限刺激的小青。敢玩、能玩、会玩,他要的就是这份感觉。可最近他发现:小青对他的兴趣好像越来越小了,到后来都懒得敷衍了。原来,她正跟几个"富二代"打得火热,顾不上他这个有才却少财的"穷鬼"。说实话,难过倒不至于,但失落还是有的。对自己的"出局",高远最伤心的不是自己灰溜溜地被甩了,而是证实了自己没有在这里"玩"的资格。他只是一个有一家小工作室的摄影师,比白领有钱、比金领差点儿,离"有钱人"很远。小青不会把他当成宝,在这里出没的任何一个女孩也不会给他纯粹的爱情,只有傻傻地等他回家的艾琳没有目的地、甘之如饴地把他当成掌心里的宝。

那天晚上回到家之后，高远抱住正在厨房给他准备消夜的艾琳，对她说了一些很奇怪的话："你说，有钱好呢还是没钱好？有钱吧，就看不到真心了；没钱吧，又向往那种生活。亲爱的，要不，咱们就努力混个中产吧！你会不会嫌我穷？"

艾琳虽然觉得奇怪，但还是老老实实地回答他："我跟你结婚的时候，你也没多少钱。房子是你爸妈买的，装修是我爸妈出的钱。但是我也没觉得有什么不好，我们俩又没饿着，还能养得起孩子，家里也有存款，这不挺好的吗？"

高远呵呵笑了，说："我老婆果然是个宝贝。"

艾琳不知道发生了什么，问他他也不说。她忍了半天还是没忍住，也不管现在已经是凌晨两点钟了，就躲到洗手间里给祁月打了个电话。

祁月咬牙切齿地说："大小姐，你不能明天再问吗？这午夜凶铃似的，你想吓死我啊！"

艾琳也觉得不好意思，只是一个劲儿地道歉。祁月没工夫吊她胃口，告诉她：你老公跟小三没戏了，你先把心放到肚子里。但是，具体的经过明天再说，我现在要睡觉。

原来，那几个"富二代"是祁月的朋友。他们深谙"游戏规则"，也都喜欢跟辣妹进行深度的交流。一听说要他们去"勾引"一个美女，二话不说就应下了。结果自然朝着祁月期望的方向发展，这几拨人各取所需，倒也不吃亏。

"……不过，这小青也是个有个性的人。她跟我朋友说了一句话，连我都惊呆了。她说：'犯贱'是男人的基本需要，如果满足

不了，他就会不得安宁。"祁月摇头晃脑地说道。

一向"小白兔"一样乖巧、老实的艾琳沉默了一会儿，居然恶狠狠地说："男人是喜欢'犯贱'没错，但绝不会娶个'贱人'回家。"

"犯贱"是奢侈品，不是必需品，偶尔为之确实很刺激、很过瘾，但它毕竟不是生活的常态。就像酒永远不能代替水一样，人的生存基准常常是简单而朴实的。高远"失恋"后的反应证实了他对小青的喜欢究竟是什么。他可以花两年的时间等待艾琳对他松口，却不愿意化哪怕是两个月的时间去换取小青的垂青。因为他非常清楚：对不同的人，花费的"成本"和"代价"不一样。"贱人"可以做情人，却不能做"内人"，这一点，他比谁都清楚。

延伸阅读

古代有个故事：有个人娶了一个特别知情识趣的小妾，被迷得五迷三道，整日不务正业。该小妾年轻漂亮自是不必说，关键是她摸准了夫君的心态，天天纵容他沉溺于声色犬马之中。

人都有做坏事的冲动和意愿。只不过平时被压制住了，很少有机会付诸实施罢了。不用说，这个"幸运"的男人在小妾的鼓励支持下，快快乐乐地做了很多"坏事"。中国古代对男人的道德要求要比现在高很多，这种"堕落"的行为是不符合主流价值观的。长此以往，必将被主流社会抛弃。

那么，受了冷落并且忧心的正室是何反应呢？

她不喜不怒不争宠，只是蓬头垢面地混迹于女仆中三月。如此一来，整个家无人管理，乱作一团。

事实胜于雄辩，这个焦头烂额的现状已经说明了一切。所以，三个月后，当妻子盛装打扮重新出现到丈夫面前时，他的惊喜甚至"感恩"是相当丰厚的。也许以后他还是会更喜欢年轻漂亮的小妾，却再也不敢像从前那样肆无忌惮地与之鬼混，因为他看到过结果。

出现情感危机并不可怕。这个世界上没有一样东西可以数十年如一日地保鲜，只要找对方法除尘去污，就不是大问题。而其中很重要的一个招数，就是想办法让爱人先剥去小三华美的袍子，看到里面的虱子。真相会让他清醒，会让他看清回家的路。

这种胜利就叫做不战而胜。

11.男人需要"绿帽子"的刺激

小三语录:

他正是风华正茂的时候,怎么可能愿意乖乖地待在你身边?你的皱纹比我的岁数都多了!

原配豪言:

他有人抢,我也不是没人追。他怎么可能允许自己的老婆很抢手呢?所以,他会想尽办法看好他自己的"东西",根本没空儿理你。

小三杀招:年轻貌美

原配拆招:诱发危机感

"啪",一记清脆的巴掌声欢快地响起,引起了所有人的注意。

事件的中心,一男两女,表情各异:男的尴尬且生气;年龄大的女人愤怒、伤心、绝望;年龄小的女人无辜、挑衅、委屈。

明眼人一眼就能看明白这是一出怎样的戏码:男人外遇,带着小三逛街,被老婆抓了个正着。于是,就发生了大房怒打小三的事件。

众多"看戏"的人饶有兴致,纷纷停下来观望,似乎很期待后续发展。

"大房"已经满脸是泪,整个人也摇摇欲坠;小三则"害怕"地躲在男人身后,楚楚可怜;男人看起来很要面子,很不喜欢被人

074

"围观"当猴看，只想赶紧解决问题脱身。因此，他回头低声对小三吩咐了几句，小三点头离去，"大房"想要阻拦却被男人拦下。

"戏"散了，观众只能意犹未尽地离去。

这些"观众"中，也包括恰巧来这里逛街的楚悦。别人都散了，她没走，在表姐袁方即将彻底失态之前上前拉住了她。

一见楚悦过来，表姐夫李刚明显松了一口气，把袁方"推"到她怀里就跑了。

袁方哭得上气不接下气，一边哭一边骂，骂完李刚骂小三。等她情绪平稳下来，楚悦才"气人"地说："换成是我，我也要她！"

袁方被噎了个半死，又痛又气，像炸了毛的猫一样跳起来说："你是不是我妹？"

楚悦叹了口气，拉着她的手说："我当你是我姐才这么说的。姐，你自己看看，你这张脸，多久没保养了？你再看看你这身衣服，几年前的款了？你不把自己当回事，谁还能把你当回事？我姐夫在外面有头有脸的，带着你出门能有面子吗？"

袁方不服气："我们挣这份家业容易吗？我还不是给他省钱……"

楚悦直摇头："我的傻姐姐，男人挣钱不就是给女人花的吗？你不花，自然有人替你花。你倒是说说，谁占便宜谁吃亏？"

袁方沉默了。

楚悦继续说道："人都是视觉动物，尤其是男人。对女人来说，漂亮不是万能的，但不漂亮是万万不能的。漂亮的女人之所以更有竞争力，是因为她们总能牵引住男人的视线。你呢，拼年轻是没戏了，比优雅就稳赢了。姐，听我的，你得先改头换面。"

　　袁方犹豫着转过头，在玻璃上看到了自己沧桑的脸：干枯的头发没有任何造型感地堆在肩头，厚厚的眼袋、松弛的皮肤、黯黄的脸色，一切都在显示着她的年华已逝。而那个一掐能掐出水来的小三，却神采飞扬、貌美如花。这个明显的差距，让袁方心如刀绞。没错，如果她是男人，她也会选择小三。

　　"行，我知道了，你就等着瞧吧！"

　　楚悦点头，又漫不经心地说："我记得我姐夫好像是个醋坛子吧？"

　　"什么意思？"

　　"意思就是，对他来说，你被别人惦记是件很可怕的事。"

　　袁方一直是个聪明人，不缺乏一点就透的智慧。楚悦连敲带打，她马上就明白了。

　　再见面的时候，袁方已经变了一个人：淡紫色套装，大波浪卷发，精致的妆容，眼神明亮、笑容张扬。

　　楚悦叫了声好，笑着说："这才是我姐嘛！"

　　袁方也笑了："你姐夫也说了类似的话，'这样子才像我老婆'。我这才知道，他老婆是有模板的，走了形就会被淘汰。"

　　"那没办法，男人都这样。你们最近怎么样了？"

　　"挺好啊。他也道歉了，也保证了，要我放心呢！"袁方眼睛一眯，冷冷地说："但这怎么可能？"

　　"然后呢？"楚悦看到表姐这样，也有了看戏的心情。

　　然后，袁方突然就"离家出走"了。从前朋友同学聚会，她一概不参加。为什么呢？家里离不了人，要伺候老公、照顾孩子。现在则照单全收，甚至还主动张罗一些活动。另外，袁方还一口气办了很多卡，健身卡、美容卡……越来越会玩，玩得也越来越开心。李刚看到"突然"漂亮起来的妻子，既纳闷又不安。女为悦己者容，这是地球人都知道的真理。她突然间爱收拾打扮了，对自己外遇的事也不追根究底了，难不成是在外面有了人？

袁方知道自己被丈夫"盯"上了。可她装作不知道，依旧我行我素，偶尔还给他来点"刺激"，比如答应某些男人的"约会"。

李刚渐渐有意见了。有时候就"漫不经心"地问她跟谁那么热乎，回到家还不停地发短信。袁方心里暗暗好笑，却不答理他，要么说他无聊，要么就干脆装作没听见、不说话。这样的事发生的次数多了，李刚就不乐意了，说什么事无不可对人言，你这么藏着掖着肯定有鬼。

袁方一句话就给堵上了："谁有鬼谁心里清楚。你找'小三'都理直气壮，还不许我交个朋友了？"

李刚自知理亏，不好硬顶，只能说尽好话。更让他头疼的是，袁方居然"杀"到小三身边，在她健身的健身房也办了卡。李刚试探着问袁方："那家健身房离家远，你非得去那里健身？"

袁方笑得很无辜："那边设备更全，关键是人好。"

李刚拿她没辙，只能让小三先避避风头。小三也犯了脾气，怎么也不肯听话。于是，有一天，这两个女人真的就碰上了。

小三顿时就脸红了，尴尬、不安、害怕兼而有之。倒是袁方表现大方，镇定自若地跟她打招呼。两个人的谈话绝对算不上愉快，小姑娘最后都哭了。可能是恼羞成怒，也可能是这段时间实在是看不到未来，后来竟然拍着桌子跟袁方叫阵："他正是风华正茂的时候，你也不好好想想，他怎么会愿意乖乖待在你身边，你的皱纹比

我的岁数都多了!"

袁方也不生气,还一本正经地说:"他有人抢,我也不是没人追。他怎么可能允许自己的老婆很抢手呢?所以他会想尽办法看好他自己的'东西',根本没空理你。"

不用说,这番"大逆不道"的话自然很快传到了李刚耳朵里。他当时只觉得脑子里"嗡"的一声,心想:"难不成真出事了?"

接下来的几天里,袁方和李刚两个人的状态像是换了过来:李刚每天尽量早回家想跟袁方谈谈,袁方却忙于"应酬"有点儿不着家了。晚上回到家又一脸疲倦,没有半点兴致。

有一天晚上,将近11点了袁方还没回家,打电话也一直打不通。李刚坐不住了,烦躁地到楼下踱来踱去地等她。

等了差不多有半个小时,袁方终于回来了,可却是被一个男人送回来的,貌似两个人还非常亲热。李刚憋了许久的火再也压抑不住了,一到家就吵上了,非得让袁方交代这段时间的行踪及跟那个男人的关系。

袁方问心无愧,也不怕他找碴儿。其实她只是一直跟几个朋友泡在一起,准备筹划一个项目来做。送她回家的男人也确实对她有过想法,但那都是十几年前的事了,两个人现在只是普通朋友兼合作伙伴。这种坦然看在李刚眼里,就成了"破罐子破摔",更是火上浇油。两个人痛快地大吵了一架,把这段时间各自受的气都发泄了出来。那叫一个惊天动地啊!据说家里像被洗劫过一样,没有一件东西是完整的。

有意思的是:夫妻两人吵完之后就迅速地和好了,小三也被解决了。袁方捏着楚悦的脸说:"就你鬼主意多!"

楚悦也不客气:"你啊,只要以后别再把当黄脸婆当成毕生追求,就不会被欺负得那么惨了!你看看,你每天花枝招展的,我姐夫视觉上愉悦了,心里那根弦也绷紧了,不怕贼偷,就怕贼惦记。"

这其实是相当"古老"的手段。第三者的出现固然对感情不利,可同时也会让人产生危机意识。当你发现抓不到对方、摸不清对方的心思、他(她)不再围着你转时,那种即将失去的恐慌和不甘一定会刺激你作出一些积极主动的事情。男人都不喜欢被人戴"绿帽子",这是事实;可他为了避免这种情况的出现会作出一些努力,这也是事实。不管是什么,只要有人来"抢",它就会在无形中增值。正如同女人面对丈夫的出轨会做一些补救措施一样,男人也不会"坐以待毙"。他喜欢征服、喜欢"刺激"、喜欢挑战,这是天性。当然了,这一切能顺利进行的前提是双方的感情基础良好,目前的感情也没有破裂。反之,"第三者"带来的就不是"刺激",而是解脱了。

延伸阅读

1980 年,19 岁的黄日华爱上了师姐梁洁华,两人发展成情侣关系。当时有记者问:"不介意把恋情公开吗?"黄日华坦言不介意。在他眼里,梁洁华天真活泼、善解人意,是自己将来要与之共度一生的人。

可两人的感情却发展得不顺利。都在娱乐圈混,受到的诱惑就多,"入戏"太深是常有的事。于是,时不时就有一些消息传到梁洁华的耳朵里,说黄日华跟 XX 关系暧昧。情人的眼里都容不下沙子。第一次传绯闻可以当成是有人无事生非,第二次也可以当做是场闹剧,那第三次、

第四次呢？

于是，曾经是金童玉女的两个人大吵了一架之后就分开了。

毕竟真心相爱过，经过一段时间的冷静，梁洁华有意原谅黄日华。就在这时候，又有传言说对方正钟情龚慈恩。这一次，梁洁华似乎真的心灰意冷了。所以，当黄日华想要再次追求她时，她表示：自己现在已经有了发展中的男朋友，跟他复合的机会甚微。紧接着，6月份就传出区瑞伟热烈追求梁洁华的消息。

现实生活里的黄日华并没像有电视剧中"靖哥哥"那般好运气，"蓉儿"的耐心好像已经用完了。黄日华萌生了一种前所未有的危机感，再次对梁洁华展开猛烈的追求，希望她能够回心转意。

一个人只要有心，想要减少或者杜绝花边新闻并不是不可能的事。当黄日华的花边新闻不再满天飞的时候，梁洁华也否认了和区瑞伟的关系。但她并没有彻底松口，只是说两人的感情还处于观察期。在之后的相当长一段时间内，梁洁华态度冷淡，不承认两人复合。

直到1988年，两人才口径一致地宣布正式复合，并于同年结婚。

谁都不能免俗：对于十拿九稳的东西，热情也少、努力也不够；而对于那些没有把握的东西，却穷尽心力、志在必得。说这是人类的劣根性也好、虚荣心也罢，总之，它也算是"得到"的强大外因，必要的时候值得一试。

12.三啊，先把青春献给我吧

小三语录：

　　我是真的爱他，没图他的钱。

原配豪言：

　　你把青春献给他没用，得先献给我，总得找补平衡了，我才舍得考虑要不要下台成全你们的问题。做人得讲个公平，等咱俩扯平了，我会给你一个交代的。

小三杀招： 我等你

原配拆招： 打持久战耗死你

　　在别人眼里，秦襄是很幸福的：家庭幸福、事业如意，一双龙凤胎儿女既聪明又可爱。一个女人过成这样，可以说是别无所求了。尤其是她与先生结婚十几年来，从来没红过脸，现在虽然人到中年了，还依然保持着年轻时的某些浪漫细节。比如，情人节的时候先生还是会送她最爱的百合花，结婚纪念日两人还是会一起出去庆祝。

　　对此，秦襄看得很淡："我们活到这个岁数，谈的已经不是'爱情'了，只能说是一种'感情'，互相很难割舍，但是年轻人那一套，确实已经做不来了。他能有那些浪漫的举动，也不是说他爱我爱得多么深沉，只能说他骨子里就是这么一个人，比较绅士、喜

081

欢讲点格调。而且，我也基本可以确定，这么多年他不是没找过别的女人，只是处理得比较干净，没落下把柄让我抓住。那我就没什么好挑剔的了。一个女人如果在 40 岁的时候还要求另一半绝对的忠诚和专一，那就白活了。"

想开了，幸福就没那么遥远。既然他还顾念着这个家，顾念着她的感受，那就互相"尊重"和"配合"吧。只要不触碰到那个底线，彼此在现有的模式里和美地生活下去一直到老，那这一生也可以算是功德圆满了。所以，比起别人的相顾无言和高调出轨，秦襄在同学、朋友圈中的幸福指数还算是高的。

可是，人的一生有许多事都不是在自己掌握和期望之中的。就像秦襄，尽管她已经做好了丈夫"适度出轨"的心理准备，却还是在真相被挑开的时候措手不及。

毕竟是十几年的夫妻，秦襄已经敏感地感觉到了先生这段时间的不对劲儿。这首先得从一支万宝龙的签字笔说起。

先生一直比较钟爱万宝龙。结婚 10 周年纪念日的时候，秦襄送了他一支限量版的墨水笔。记得当时先生非常喜欢，还煽情地说："我要一直用到老，等我们白发苍苍的时候，还要用它在孙子的成绩单上签名。"

这些年来，先生果然恪守承诺，一直随身带着这支笔。有时候看他用这支笔在儿子和女儿的成绩单上签名，秦襄心里总会有一种满足感。她自认不是太有野心的女人，也从来不曾想过要老公成为多么顶天立地的人物，只要他们一家人快快乐乐地生活下去，她就心满意足了。所以，在她发现先生的公文包里多了另一支万宝龙时，心里骤然涌上的疼痛和慌乱几乎打碎了她多年来的完美"面具"。

女人都是靠直觉生存的生物。不管她多么理智冷静，都会在某些事件上依赖直觉。这支笔，不能判定先生"有罪"，但也不能说明他很清白。一个从来不会留下"证据"的人，现在居然堂而皇之地把它带回了家，是自己太大意还是对方太高调了？她可以肯定的是：这支笔绝不是丈夫从"正常渠道"得来的。她送的那支万宝龙，已经代表了一种承诺。如果先生问心无愧，至少应该给她一个"交代"，可是他没有。

晚上睡觉时，秦襄装作不在意的样子问道："你又买了支万宝龙啊？那支坏了吗？"

先生先是漫不经心地回答说："没有，换着用。"后来又跟她开玩笑："你给我的东西我可珍惜了，万一不小心弄坏了可怎么跟你交代？还是买支备用的比较好。要不，你把我买笔的钱给报了？"

秦襄也很配合地笑了："那可不行。你不经我允许私自添置东西，就得自己掏钱。"

当下夫妻两人说笑了一番，事情就算那么过去了。可秦襄心里却始终有根刺，没有证据，有的只是直觉。

有一天，儿子嘟囔着同学新买了一套特别棒的文具，看那意思也想要一套。向来反对孩子攀比的秦襄这次却意外地没有批评他，反而笑嘻嘻地说："你这次还能保持年级第一，就把你爸爸新买的那支签字笔给你。"

儿子大喜过望，当下就拍着胸脯说没有问题。女儿也跟着起哄，说要挑战哥哥的绝对权威，拿下年级第一。于是，那支签字笔就成了两个孩子的"奖品"。

结果女儿真的打败了哥哥，自然要得意扬扬地跟妈妈要奖品。

秦襄也很高兴，说爸爸回到家就兑现。

先生一听就不乐意了："一个小孩子，用几千块钱的笔，不是烧包是什么？你不是一直不赞成这个吗？这次怎么了？"

"你女儿难得考过她哥哥一次，你就破一回例吧！她用着那支笔，就天天想着是怎么得来的，肯定更加用功。我看挺好，能有效刺激他们兄妹俩的良性竞争。"

"不是一支笔的问题，而是不能惯这种毛病……"

在秦襄的记忆中，这是先生第一次虽然不强硬却很坚决地拒绝他们母子三人"正当"的要求。光是这一点，就让秦襄寒了心。她基本上可以确定：先生在外面有了女人，而且还比较特殊，以至于他能那么珍惜对方送的礼物。

从那天开始，秦襄就着手"反击"了。她不想让任何事情影响到她目前的生活，如果可以让它无声无息地结束，那就再好不过了。

到目前为止，她跟小三是各有优势。她有的是"历史"、孩子，以及老公对她的不知道还剩多少的感情；小三有的是年轻貌美和刺激，或者还有一些她不知道的其他故事。如果硬碰硬，或许她也会赢，但总会两败俱伤。秦襄知道：如果拼青春、拼美貌，她不见得是那位神秘小三的对手；可如果拼智慧拼阅历，她可是底气十足。而且，相处了将近20年，她非常了解先生，自然知道怎样才能挠到"痒处"。

先生跟她开玩笑："你最近怎么回事？怎么这么腻歪？转性儿了？"

"干吗？你不喜欢？"

"……不是，就觉得有点儿奇怪。"

秦襄突然伤感起来："我那天整理书柜，看到我们以前写的信……我们互相答应过，要帮对方实现 20 个愿望，这些年都在瞎忙，全给忘了。现在，你还欠我 8 个，我欠你 13 个……老公，我从现在开始补给你，好不好？你说，你最近有没有特别想要的东西？"

想起从前的事，先生也动了情："我以前总想着给你们最好的生活，能每天跟你们开开心心地一起吃晚饭，现在什么都有了，倒像是没有特别想要的了。如果说还有，就是咱们一家人能够平平安安、健健康康地过一辈子。"

……

回忆也许没有分量，但它总是一种特殊的存在，让人在想起来的时候变得格外柔软。比起光鲜的现在，那也许是一段苦涩、不安的岁月。可同样地，那也是血最热、情最真的时候，所以，人总是对那时候的自己以及陪自己经历过那段岁月的人保有一种刻骨的情结。正如你不能丢弃自己的过去一样，对于那些和你一起参与过去的人，你也会铭记在心。

秦襄知道先生最骄傲的莫过于他从一个农村出来的孩子，白手起家、奋斗成了一个有身家、有名望的"上层人士"。他忘不了曾经一穷二白的日子，也就忘不了曾经陪他一起一穷二白的女人。她不指望先生因为顾念旧情而对她保持身体及精神上的绝对忠诚，但至少可以提醒他：他们曾经互相欠对方 20 个愿望，加起来是 40 个，而要一一实现这些愿望，可能需要一辈子的时间。

那段时间，秦襄跟先生好像不约而同地拾起了他们放弃许久的"甜蜜"。虽然如此，秦襄也不敢掉以轻心。因为她同样知道：对一个念旧的人来说，抛弃"新欢"也是需要时间的。

在这段时间里，秦襄是很受煎熬的。只有经历过的人才知道那种滋味：苦、疼，心里像沤了一肚子硫酸，烧得她直想大声喊出来、哭出来，可她不能。一个女人如果学不会忍辱负重，是很难修炼出深刻的幸福的。她40岁，脸上已经有了皱纹，身材再也恢复不到年轻时的苗条，她已经不敢奢望以外形取胜。对一个女人来说，"年华老去"或许是一种悲哀，可同样，那又何尝不是一种资本呢？男人固然无法克制对青春的向往，但还是会渴望这个"老去"的过程带来的平静与慰藉。当一切的激情随着岁月的流逝而渐渐消退时，唯有心里的那点儿平静才是唯一的救赎。所以，秦襄忍了，她选择依然做一个完美的妻子、完美的母亲，用这份无懈可击来保护她的婚姻：她做得越好，本就心存愧疚的丈夫就越不安，就越不能心安理得地享受他新得来的"爱情"。于是，那个刺痛她婚姻的女人就越着急、就越容易出问题。到时候，会是一个什么样的结果？

这件事情，在秦襄的结婚16年纪念日达到了一个"高潮"。这本来是他们两个人的固定节日，先生也答应了晚上一起去吃秦襄爱吃的法国菜。

离约定时间还有半小时的时候，先生打来电话说："我这边有点儿事走不开，你多等我一下，可能要晚半小时左右。"

秦襄关切地说："没事，我反正也没其他的事，你那边不要紧吧？"

"……不要紧，你不用担心，我处理完了马上过去。"

又过了半小时，先生再次打来电话："老婆，对不起，你再等我一下，我现在还是抽不开身。"

……

直到最后，他都没有出现。秦襄脸上笑着，心里却在流泪。她拿起手机，发了一条短信：老公，你要是实在很忙，就别惦记我了，工作要紧。我一个人吃也挺好的，只要你把餐费给我报了就行。

过了一会儿，先生回复了，只有几个字：老婆，谢谢你，还有，对不起。

那天晚上，先生很晚才回家。回来的时候，满脸疲惫。秦襄迎上去，满脸的心疼："累坏了吧？晚饭吃了吗？要不我再给你做点儿？还是先泡个热水澡？"

先生深深地看着，突然轻轻地抱住她说："还是回家好，回来就不累了。"

秦襄的泪水突然就流了下来，怎么也刹不住。先生心里明白，嘴上一个劲儿地说"对不起"。

这场没有挑破的"显性恶性出轨"事件至此算是有了结果。

令秦襄想不到的是，那个落败的小三居然还找上门来要见她，声称是想亲眼见识一下她输给了什么样的女人。

女孩叫静静，她说："我是真的爱他，没图他的钱。"

秦襄笑了："如果他不是现在这个样子：有钱、有地位、有风度，你还会爱他吗？"

静静觉得自己受了侮辱："这跟他的钱没关系！"

"我也没说跟钱有关系。可他现在让你着迷的所谓成熟男性的魅力，不就是这些东西堆出来的吗？你有没有想过，这都是另外一个女人，也就是我，用了20年的时间培养出来的？你觉得你心安理得地用爱的名义来抢，很合乎逻辑吗？"

静静哭起来："那是你们的婚姻本身出了问题，不是我，也是

别人，你怨不着我。是你不要脸，死拖着他不放，他早就不爱你了，你一直当做不知道、不敢问他，不就怕揭穿以后他不要你了吗？你有什么了不起的？有本事单挑，背后使什么阴招啊？"

秦襄不想再跟她讨论下去。她站起来，居高临下地看着这个一度让她备受折磨的对手："本事？什么叫本事？你这张脸吗？你这身段吗？那你有本事让它20年不变？我年轻的时候不比你差。谁都会老，你也不例外。别说你为他奉献了多少青春之类的废话！你把青春献给他没用，得先献给我，总得找补平衡了，我才舍得考虑要不要下台成全你们的问题。做人得讲个公平，等咱俩扯平了，我会给你一个交代的。"说完便扬长而去。

有能耐的男人，并不缺少女人，但他缺少一个"合适"的老婆。这个老婆，拿出去不会丢人、放到家里不会让他心烦。他可能会有若干个小三，却只需要一个这样的老婆。

延伸阅读

　　在冯小刚和徐帆名正言顺地把青春献给彼此之前，冯小刚曾有过一段婚姻。

　　这位原配可不是个简单人物。在他们俩的爱情闹得沸沸扬扬之际，她眼观鼻、鼻观心，不躁不怒，全当什么也不知道，就看谁能耗得起！

　　结果，这一耗就是7年。等到气出够了，也确定对方实在不能回头了，好，那就离婚吧！

　　徐帆是个非常优秀的演员，冯小刚是个非常优秀的导演。我们在这里八卦的是他们当年的爱情：假如冯小刚的前妻坚持不肯离婚，一直无限期地耗下去，最后赢的会是谁？

在这场三个人的爱情里，似乎没有绝对的赢家。因为无论结局如何，总会有狼狈之处。但有一点却不能否认：作为原配，她存心想要挤压"第三者"的青春，是很容易的。"青春"这东西，对男人好使，对原配却不管用——这非但不会激起她的怜惜欲，反倒刺激得她除之而后快。坚持到最后的爱情固然可贵，但面对着守到最后时已经沧桑的容颜，这份胜利似乎就带上了一份凉意。生命中最美好的时光都用来等待，是种什么滋味？

谁知道呢！我们看的是故事，当事人体会的是心情。"等待"是最熬人的，耗得起、等不起，这正是许多个"小三"失利的原因。原配有耐心的时候是很可怕的。就算要输，也得拉着你下水，除了自认倒霉，没别的办法。

13.床上是"男人"，床下是"人"

　　张轶发现自己最近受到的待遇不错。

　　老婆像是转了性，对他出奇地关爱。在吃的方面，不但天天花样翻新，态度上也改善了许多，批评少了、鼓励多了，简直是把他当成宝了。

　　中国有句古话：无事献殷勤，非奸即盗。对这天上掉下来的馅饼，张轶一点儿都不觉得荣幸，反而有点儿发毛，因为他怎么也想不起自己最近积了什么功德。试探，没用；直接开口询问，不给答案。就这么不上不下地吊着他，真是百爪挠心似的难受。

　　虹姐就是好吃好喝伺候着，什么也不说。张轶不知道他的妻子用了多大力气才控制住自己不发作。装聋作哑是耻辱的，可不装又不行，这种日子什么时候才能结束啊？

张轶在单位里是个道貌岸然的"老实人"，看起来总是一身正气。本来他出轨这件事瞒得死紧，很难被抓到把柄，坏就坏在那小三的房东是虹姐同学的大姑姐的邻居。这个世界本来就很小，关系一捋直了，真相就曝光了。

虹姐向来是个谨小慎微的人，在没有十足的把握之前，她还不想轻易翻脸。知道这件事已经有半个多月了，她还是没想好怎么才能善。一来，她不想破坏张轶好不容易建立起来的"公众形象"；二来，她确实没有足够的证据可以证明张轶跟住在那所房子里的女人有一腿；三来，儿子正是高考的关键时期，不能让他分了神。因此，她只能恨恨地给张轶进补，他最近脸黄体虚不是工作累的，怕是被某人给折腾的！

有时候实在忍不住，虹姐也会黑着脸敲打他："你看你最近都瘦成什么样了？面黄肌瘦的，跟难民似的，也不知道怎么糟蹋成了这德行！不补能行吗？"

有一天，虹姐上班的时候听到几个同事闲聊，说最近有一个论坛很火，是专门给那些老公出轨的女人支招的，据说已经打跑了不少小三。虹姐心里一动，装作感兴趣的样子也凑上去八卦。下班之后，她马上进了那个论坛。看了网友的故事之后，她也来了"兴致"，把自己的故事大致说了一下。

不久，版主回复了，并且留了QQ号。虹姐赶紧加上她，在网上跟她讨教。

秦襄跟虹姐聊了没几句，就对她的情况心中有数了。

　　40 岁的女人，大部分都已经没有"性别"观念了。上厕所不锁门、在家蓬头垢面、当着老公的面无所顾忌地换内衣、穿着拖鞋去菜市场、逛街不打扮……成了再正常不过的现象。关键是她还毫不在意、理直气壮：都老夫老妻了，哪里没看过？装羞涩有什么意思？天天累得要死，谁还有心情臭美？

　　《蜗居》里的宋太太，在外人面前如何高雅、讲究！可关起门来，还是会在老公趴在自己身上行使丈夫的义务时高叫着推开他，说女儿的卷子没收，穿上衣服就去收拾卷子。再宽容的男人也无法一如既往地钟爱这样的女人。所以，"正人君子"张轶一见到陈朵就"骚动"了。

　　她很"骚"，很辣，很不要脸。虽然是第一次见面，又是来求他办事，却大胆地、无所顾忌地盯着他，眼神里那种东西绝对可以叫做"勾引"。张轶面上装得若无其事，可心里却痒得要命。有什么东西已经被重新点燃了，热烈、凶狠，一发不可收拾。

　　事情办完之后，两个人就迅速地"勾搭"在一起了。当然，张轶是不会让任何人看到蛛丝马迹的，就连租房子也是陈朵自己去联系的。每次去幽会的时候，张轶一定挑别人不太会注意到的时间，把自己包得密不透风。因此，两人都已经好了半年多了，却愣是没有让任何人发现。

　　说句不中听的话：陈朵只是张轶的一个固定"炮友"。除了床上功夫好，在张轶看来没有任何可取之处。可他也得承认：这个女人确实带给了他不一样的刺激。一个在外人面前越"君子"的男人，有可能内心越"狂野"。特别是在压抑了许久之后，一旦开闸放水，"杀伤力"绝对不一般。可张轶并没有彻底失去理智。他对这个女人上瘾是没错,却从来都不想让她介入到自己的家庭中。他心里很清楚:陈朵这种女人,当情人很有面子、很划算,再做进一步的打算就绝对不行了。

虹姐只知道小三很风骚,别的就一无所知了。她觉得拿钱打发太低级了,也治标不治本。万一这小三胃口太大,反倒招一身臊。

秦襄也不建议拿钱来解决:"如果我没猜错的话,你老公找她,纯粹是为了下半身着想。按你的描述,你老公应该是个特别要面子、特别看重社会地位的人,所以你不需要担心这个小三会威胁到你的地位。如果你只是想赶走她,恐怕得想办法让你老公心甘情愿地放弃。也就是说,要有一件值得他恢复上半身控制下半身的事发生。"

虹姐不太明白:"什么意思?"

"意思就是,你要抓住他的软肋,足以'威胁'他恢复到从前的理智。"

虹姐开始琢磨:有什么可以"威胁"到他?

张轶正在积极运作着升职,如果没有意外的话,下次领导班子换届的时候就能成功了。他正志得意满的时候,突然收到一大摞东西。拿出来一看,脸就绿了:这不是他跟陈朵的艳照吗?包裹里还夹了一张纸条,要他准备两万块放到某处,不然就把照片寄到他们单位去。

这还不算,虹姐居然也收到了一份。她连生气的时间都没有,因为这些照片像定时炸弹一样,极有可能威胁到张轶的仕途。张轶既愧疚又愤怒,气得话都说不出来了。事已至此,虹姐反倒来安慰他:"算了,你上火也没有用,还是先想办法解决问题吧!"

两个人商量了一下:报警不靠谱,搞不好连自己也搞臭了。不

如就忍了这一次，破财免灾吧！不过，为了安全起见，陈朵必须消失。她那边如果有什么"证据"，也得"毁尸灭迹"。

张轶趁陈朵不注意"搜查"了一下，居然发现她电脑里有许多"面熟"的照片。不用说，那套留下许多疯狂和激情的房子再也不是陈朵的安身之地了。除了钱可以拿走，别的都跟她没关系。

陈朵也不是盏省油的灯，使出各种招数试图挽回，都被张轶不留情面地拒绝了，还摆出一副跟她不熟的面孔。百般努力无果，陈朵就索性去找了虹姐。你不让我舒服，就干脆大家都别舒服。

哭诉被无视之后，再挑衅："他连跟你上床的欲望都没有了，还想让他一直躺在你身边吗？"

虹姐真想仰天大笑了：这年头的三都这么理直气壮加无耻吗？但她不愿意多跟陈朵掰扯，扔下一句话就走了："他跟你上床不是多大的事，下了床记得回家就说明他脑子还没坏。妹妹啊，男人上了床就不是人了，别把他的话当话。要是我们都没当真，就你自己信了，那可就是'杯具'了。"

男人固然会为了上床而上床，但前提是这种行为没有威胁到他的切身利益。反之，一旦发生冲突，他必然会利索地穿好裤子下床。床上是男人，床下是人，这就是事实。

延伸阅读

何超仪和陈奕迅主演过的一部惊悚电影，叫《维多利亚一号》，讲了一系列由买房引发的血案。

何超仪扮演的女主角对别人"穷凶极恶"，对男朋友陈奕迅却百依百顺，就连两人出去开房，都是她来埋单。是的，

何超仪是个小三,陈奕迅有老婆。

尽管两人在一起的时候,陈奕迅也很享受,可是,他永远都会记得在半夜从情人的床上爬起来回家。这就是当三的悲哀。那个男人,无论给了你怎样的海誓山盟、柔情蜜意,却永远不能陪你安睡到天亮、在你的床上醒来。《蜗居》里的郭海萍教训妹妹的时候,曾说过一段话:"等你到了我这个年纪你就会知道,在有个老实的老公、有个听话的孩子、有个稳定住所的前提下,做爱是在自己家的床上,而不是在别人家的床上,不用担心随时会被捉奸,是件多么幸福的事了。"除去一切华而不实的东西,这就是当原配和做小三最大的差别:前者可以有底气、有尊严地站在这个男人身边,而小三不能。

总有人在说:男人在床上说的话不可信。是的,这是无数小三儿血淋淋的经验教训。人都是遵循着本能在"本能"之外生活的,就像吃饭是必需的,但人们不会因为吃饭而满足和快乐。而承担了大部分社会义务和责任的男人们,更是如此。当他男人的本性发作时,他需要你新鲜的肉体满足他不安分的欲望;可在这些解决之后,他又会回到他惯常的角色中,跟你看到的他相差很远。

所以,他们固然不会背叛自己的本能,一辈子做一个清心寡欲的君子;但是,他们同样也不会被情人香甜的身体冲昏头脑,他还是会回家、会做回那个体面的"人"。

14.刁蛮公主是男人的软肋之一

小三语录：

我比任何人都了解他、爱他、尊重他！

原配豪言：

我刁蛮泼辣不讲道理，是我家的事，我男人喜欢，这就是美德！

小三杀招：最好的聆听者

原配拆招：最有情趣的猎人

事实证明：长相"安全"的男人也不一定没有危险。

漂亮的班花黎黎，因为父亲当年外遇抛弃她们母女而对帅哥有阴影，因此才让冯达得了便宜、吃上了天鹅肉。谁能想到这个向来老实憨厚的男人也会出轨呢？

黎黎简直不敢相信：对她百依百顺的老公居然"叛变"了！而且对方还是个貌不惊人的"二手货"！这让她情何以堪！

黎黎跟妈妈抱头痛哭，更加相信了"不幸会遗传"这个听来的真理。

偏偏就是有人不信邪。黎黎在家躺了不到一天，就被人揪起来了。

祁月问她："还想不想要你老公了？你跑了，不是给人家腾地方了吗？"

黎黎腾地坐起来，直勾勾地看着这个古灵精怪的闺蜜，大眼睛里满是无助和倔犟。

"你啊，不就是发现他跟人家手挽着手看电影吗？有什么了不起的？你倒好，一甩手跑了！你知不知道，你躺了多久，冯达就在楼下蹲了多久？这说明什么？他心里还念着你，不想跟你一拍两散！"

黎黎大哭起来，说她有洁癖，不能忍受自己的东西沾了别人的味道，她嫌恶心，一定会影响以后的"食欲"。所以她现在纠结的是：分还是继续？分了吧，又不舍得；不分吧，又很难受。真是两难啊！

祁月倒是很看得开："沾了别人的味道就会彻底变质吗？我刚才跟冯达谈过了，他吧，就觉得你有时候'公主病'比较严重，天天颐指气使的，总让他找不着男人的感觉。那女的呢，就是小鸟依人型的，让他很有成就感。其实你只要稍微忘记你那点儿优越感，这问题就好解决。"

"我为什么要忘？本来就是嘛！"黎黎还在嘴硬。

"那又怎样？这是你自己的选择。从你决定嫁给他的那天起，你就没有资格来指责他高攀了。这是你允许的，不是吗？"朋友出事的时候，祁月说话向来不客气，直中靶心。

黎黎老实了，缩在床上委屈地直掉眼泪。一见她这副可怜样，祁月也不好骂她了，转而温和婉转地劝她："他是你老公，不是你老妈，以后别总那么对他。黏乎点儿怎么了？说句肉麻的话怎么了？你抻着不是不可以，别抻大了，抻大了容易断线。是不是？这人吧，

关键时刻就得豁得出去，反正又没人听见，你说你这死要面子活受罪图个什么呀？他都感觉不到你是不是真的爱他，搁谁身上能舒服啊？听我的，对你老公这种人啊，得适度地抻、适时地奖、适当地收拾。趁着他现在还认你这个'公主'，赶紧想办法把他拉回来。再走得远一点，你可就追不上了！"

祁月走后，黎黎一个人关着门琢磨了半天，终于还是决定含悲忍泪去消灭别人的"味道"。想想自己确实是有点儿过分：平时都是冯达在照顾她，有时候连内裤都是他给洗；而她呢，却是放羊吃草，不怎么管他。给人当老婆当成这样，是不怎么过关的。可她心里有疙瘩，怎么也过不了那一关。没办法，她只能先喝了几瓶啤酒壮胆，这才摇摇晃晃地回家去找冯达掰扯。

黎黎和冯达都没想到：小三竟然那么投入！一听说黎黎一气之下跑回了娘家，冯达上门道歉被拒，小三居然趁着月黑风高之际上门安慰兼探听风声。

冯达很是头疼：现在正是风声紧的时候，你这么热情不是给我找麻烦吗？我目前确实没有让你转正的想法，一旦被发现了，我岂不是又多了一项死罪？

小三文青却不这么想，觉得现在正是一举进攻的好时候。她一个离过婚、带着孩子的女人也委实不容易，有机会摆在眼前，肯定不能放过。可让她失望的是，冯达明显并不欢迎她的热情，反而还有点儿烦，没说了几句话就示意她该走了。文青既不甘心又难过，禁不住跟他闹起来。正纠缠间，黎黎回来了。

冯达大惊，文青则觉得大快人心：索性就一次性解决问题，免得以后麻烦。

黎黎虽然有点儿醉，但还有意识。看到文青在自己家里坐着，气就不打一处来。自己都愿意给他一次机会了，他就这么不懂得珍惜？难道真那么着急换老婆？想到这里，她又心痛又着急，眼泪就那么流了出来。

冯达惯她已经是习惯了，见她醉醺醺的，又一脸脆弱，马上就慌了，下意识地开始解释："宝贝儿，别哭，我真不知道她今天晚上要来……"

黎黎索性借酒装疯，一把推开文青，扑到冯达怀里说："老公，快擦地，脏死了！"一边扯着冯达的衣服，还一边回头对文青示威："你还不走啊？这是我的家、我的男人，再不滚蛋我就报警了！"

冯达手忙脚乱地安抚她，还不忘给文青使眼，让她赶快走。黎黎玩上了瘾，平时的娇贵、矜持都不见了，抱住冯达就连亲带啃。

文青目瞪口呆，站在原地挪不动步了。冯达也被吓傻了，以为老婆被什么附体了，愣愣地站在那里被"吃豆腐"。

这两人的反应让黎黎很不满意，她扭头恶狠狠地对文青说："看什么看！两口子亲热没见过啊？"

"神经病，变态。"文青哭着骂了一句，恶狠狠地瞪了冯达一眼，走了。

这时候，黎黎一把放开了冯达，抬手就打了他一耳光，哭着说："冯达，你真让我恶心！"说完，张嘴就吐了一地。

冯达一边照顾这个醉鬼，一边还得收拾这一地的狼藉，弄得手忙脚乱。向来任性嚣张的黎黎难得地脆弱起来，又哭又闹，竟然酒后吐真言，断断续续地说她多依赖冯达，冯达出轨让她多伤心。

冯达既惊喜又心酸，百感交集。但有一点他可以肯定：他真的

爱死了这种感觉。就像一个人一直在买彩票，等了许久都一无所获，差不多要放弃的时候，突然就有 1000 万的大奖砸过来。那份惊喜和快慰，真的难以用笔墨来形容。

第二天，黎黎醒来之后，谁也没提昨天晚上的事，跟什么都没发生一样。不同的是：两人之间的感觉却慢慢变了。黎黎越来越"腻歪"了，会撒娇了，偶尔还嘴巴甜甜地说句肉麻的话。当然，她也没有忘记自己的"公主"本色，疾言厉色、连敲带打的情况还是会有。冯达被吊得七上八下，前一刻甜蜜、后一刻痛苦，这种忽上忽下、坐过山车一样的刺激让他越来越欲罢不能。

相对地，这边热乎了，那边就冷下来了。文青也不是个轻易就认输的主儿，自然想方设法夺取冯达的注意力。一会儿说想他，一会儿又说家里突然断电了，屋子里黑漆漆的特别害怕……

她有对策，黎黎也有"政策"。冯达找好借口要出门的时候，黎黎突然肚子就疼上了，一边嚷着疼一边撒娇地让冯达帮她揉一下。

唉，如果他没看错的话，自家老婆那眼神，真的可以叫做"媚眼如丝"。他能拒绝吗？不能。于是，先揉肚子，再按肩膀，没多久，两人就干柴烈火了。可恶的是：在关键时刻，黎黎居然抱着冯达的脖子问他"你不是要出门吗"？

冯达咬牙切齿："你这跟谁学的？怎么越来越妖精了?!"

跟谁学的不重要，重要的是他喜欢。

冯达终于过上了真正意义上的蜜月。两个人没事就打打闹闹，玩得不亦乐乎，感情也突飞猛进。黎黎知道：这场感情危机差不多算过去了。只要那边一"收尾"，她就可以自在地过她的小日子了。

一天下午，黎黎接到了文青的电话，说想跟她谈谈。黎黎心想：

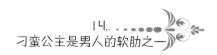
也是时候了。

第二天，黎黎如约而至。光彩照人的她一坐到文青面前，顿时就高下立见。

文青哭得甚是凄惨："我可能怀孕了，怎么办？"

黎黎的火噌的就上来了，但转念一想："这事搞不好有水分，不能乱了阵脚。"所以她镇定地说："该不是他跟你提分手，你不干了，想来蒙我吧？"

文青脸上一僵，又迅速掩饰住了。可这一切却没逃过黎黎的眼睛，心里一定，反应更快了，没过几招文青就招架不住了。

"至少有一点我比你强，我比任何人都了解他、爱他、尊重他！"被逼急了，文青索性就扯破脸皮，不再"和谈"。

黎黎的脸也冷了下来，浑身都是杀气："你尊重有个屁用？他就是不要你！"

"你这个泼妇，又刁又蛮，他总有一天会甩了你的……"文青只是个小女人，没那么多心机，当下就被刺激得有点儿口不择言了。

黎黎打断她："是啊，我是泼妇，我喜欢当泼妇，冯达也喜欢，你有意见吗？我刁蛮泼辣不讲道理，是我家的事，我男人喜欢，这就是美德！"

文青自知不是黎黎的对手，冯达又坚决要分手，只能含恨撤了。她可能觉得不甘心，决定"讹"冯达一把，要他给 5 万块的感情损失费。冯达又气又伤心，想不到她居然是这样的人。最后还是黎黎出面解决了问题：两万，一分都不能多。你文青真能豁得出去，大可以出去闹，我们不在乎。这种事，又不是我们吃亏。你不要脸，也不为你的孩子考虑一下吗？

　　这段婚外情，就以两万块的价格被买断了。冯达愧疚加伤心，很长一段时间内都闷闷不乐。黎黎既生气又心疼。可事已至此，多说无用，起码他已经回到自己身边了，日子还得过下去，放眼未来可比死抓住现在不放更实用。

　　因此，黎黎反倒来安慰冯达："算了，事情都过去了，我不收拾你，你也就别难为自己了。就当是花钱认清楚了一个人，你再这么瞎琢磨下去，我可真抽你了！你自己想想，关键时刻能指望谁！这种事有一没二，你给我记住了！你敢再犯，老娘也出去找男人，给你摘顶绿帽子回来戴！"

　　冯达哭笑不得，又有点儿隐隐的安心和感动。他知道：对有洁癖的老婆而言，这已经是她能做到的极限了。他再不识好歹，就真是找抽了。

　　公主愿意屈尊去配"野兽"，并不能保证"野兽"一生忠诚。因为他总有斗不过自己自尊心的时候。公主有优越感，这无可厚非，可如何拿捏好分寸，就是门学问了。不管你血统如何高贵、身份如何尊荣，他现在是你男人是不争的事实。他爱你，不是因为你是公主；他不爱你，却极有可能因为你太把自己当公主。你固然可以让他记得彼此的差距，但同时也得让他知道他对你很重要。

　　刁蛮公主之所以是男人的软肋，就是因为她们身上的辣与甜让人无法自拔：甜蜜的时候能蜜里调油，火暴的时候能惊天动地。她坏，可她很可爱；她不讲理，可她的霸道里渗着丝丝缕缕的柔软。矛盾中有和谐，正是刁蛮公主的魅力所在。

张娜拉来中国"圈钱"期间，曾跟苏有朋合作拍了一部《刁蛮公主》。在戏中，她可是绝对的"抢手货"，让一个皇帝、一个王子费尽了心机。

我们先不讨论这剧本有过分美化"女一号"之嫌，毕竟"剧情需要"这个概念太抽象，不是我们这些"外行人"可以看清门道的。看点是这个刁蛮公主的可爱之处。

没错，她胆子太大、调皮古怪，兼之花招百出，确实是个"问题少女"。跟她在一起，就等于招惹了无尽的麻烦。可同时，她又重情重义、心思单纯，嚣张中带着小女孩的柔软和羞涩，让人不得不爱。

玫瑰受人追捧，不全是因为它漂亮。大千世界，更美、更夺目的花数不胜数。它最让人心痒难耐的其实是那些刺。扎手，但摘下来之后却会收获扑鼻的香气。在它轻轻地依偎在你的怀里、把头低到尘埃里时，那份满足感真是无以形容。有刺，也柔情似水，要的就是这别样的刺激。

男女之间的事，规矩、章法都只是理论数据，最可信的是彼此间的感觉。他（她）希望你什么样子、他（她）不喜欢你做什么，没有人比你更清楚。"妥协"和"服软"不是没骨气，而是一种战略。在你明白只有这么做才能留住对方的时候，除了去做之外别无选择。

15.优质老婆永远比情趣小·三更畅销

小三语录:

做人要有情调,这样的生活才有质量。

原配豪言:

比起一个知情识趣的"小三",他更不愿意割舍的是面子里子都让他非常舒服的老婆。他"齐家"的大业没你可以,没我不行!

小三杀招: 情趣小三

原配拆招: 优质老婆

楚悦发现自己这段时间被人"盯"上了。

在不同的场合,她总是会遇上一个年轻的女人。她长着一张娃娃脸,五官很精致,身材也不错,整个人简直就像一个真人版的芭比娃娃。她以为自己在神不知鬼不觉地跟踪楚悦,或者说她表现得像是以为没被任何人发觉:咖啡厅、美容院、商场、超市……你可能会在一个地方遇到若干个陌生人,但如果在不同的地方总是会遇上同一个人,那事情就没那么简单了。

楚悦淡淡地笑了。看样子,她像是熬不住了。

楚悦不是不知道老公在外面有女人。从今年春天老公突然穿了

104

一件她不认识的衬衣开始，她就已经做好了随时打响一场婚姻保卫战的准备。两个人毕竟在一起生活了 8 年，有些很微妙的变化是不需要说出来的。比如，他有时候不爱在家里接电话，问起来就皱着眉头说是卖保险的、卖楼的，总之就是不受欢迎的那一类人会突然多了起来；他还时常歉意地送自己礼物；在床上突然热情了起来，搞得楚悦叫苦不迭……

任何一种变化都不是突然发生的，它需要外因的刺激。很显然，这个"外因"忍不住自动出现了。

那天晚上，老公回到家之后，楚悦半开玩笑地说："我最近好像被人跟踪了。"

老公果然紧张起来："怎么回事？你是怎么知道的？你有没有怎么样？"

楚悦心里一酸：不管怎样，总是 8 年的夫妻，从 19 岁相恋到 33 岁成为老夫老妻，彼此最好的光阴都奉献给了对方，怎么可能轻易地不爱或者放下？就算出现了"第三个人"，他们还是相爱，只是爱得没有以前那么浓了而已。

"是个小女孩，长得还挺漂亮的。都好几天了，一直在我身后探头探脑的，看起来也不像有恶意，真邪门了。下次再让我发现，我看我干脆去问问看好了。"老公沉默了一会儿，转而安慰她说："你最近是不是电影看多了？谁没事跟踪你啊？可能是巧合吧！你能去的地方，还不许别人去了？"

楚悦也没再争辩，随口答应着："嗯，有可能吧。"然后话锋一转，说："老公，跟你商量件事。我想开个美容院。"

"嗯？为什么？在家里不是挺好的吗？"

105

"我都闲了好几年了。从怀孕到儿子上幼儿园，4年多了吧？我都快生锈了。再说我也想做点儿自己的事，不能因为有了长期饭票就消极怠工。"

"我倒没什么意见，就怕你累着。"老公表现得很体贴。一听说美容院的地址都已经选好了，也装修完了，他有点儿奇怪了："你这叫先斩后奏啊？都弄好了，还问我干什么呀？这还叫商量啊？这叫通知。"

楚悦娇笑着挽住老公的胳膊，撒娇地说："我不是想给你一个惊喜吗？"

果然，从那天起，再没有人"跟踪"她了。楚悦知道，这是老公的"功劳"。而且他应该也明白她已经起了疑心，所以才会进行那样的试探。

楚悦开始工作了，每天光彩照人地忙来忙去。都说工作中的男人最帅，其实专注于某件事情的女人也是最美丽的。老公的注意力不自觉地回到了她身上。他们夫妻两人，在孕育儿子的过程中，或许因为时间太长了，都已经"忘记"了楚悦也曾经是个独当一面、魅力四射的职场女性。这次重新回到工作中，两人都有耳目一新之感。或许是工作带给了她更多的自信，楚悦整个人的状态也变得很不一样了：整个人像是一朵怒放于明媚阳光下的向日葵，恣意、舒展、美丽，散发着诱人的气息，让人不自觉地想要靠近。而且，楚悦的生活好像更丰富了：朋友多了，交际多了，生活更有质感了。

老公新奇地看着楚悦从容地演绎着一个"三好女人"的风采：好老婆、好母亲、好上司。男人都有一种奇怪的心理：老婆再好，天天在家里"放着"，都有点儿寡淡无味；但一"放"出去，被所有

106

人用那种欣赏的目光盯着时，他就开始回味无穷了，看向老婆的眼神又"热"了。这就是通常所说的：情人的好要靠自己挖掘，老婆的好要靠别人发现。

当然了，那个"外因"并没有彻底消失，因为她还在高调地秀"幸福"。

她叫程程，主动在开心网上加了楚悦为好友。虽然头像是侧脸，但楚悦还是一眼就认出了她。女人对情敌的感觉是格外灵敏的，何况她还以那么"特别"的方式出现过。但是，两个人从来没有交流过，对方加她的目的似乎只是为了让她去看"我们的幸福"。

程程最近不知道受了什么刺激，居然直接挑破，跟楚悦讲起了悄悄话：三个人的爱情我不觉得挤，因为这是我拥有他的一种方式。

楚悦想笑：如果你当真那么幸福，又何必费尽心机地让我知道？盼着我一怒之下自动"下台"吗？那怎么可能！如果我跟你一样幼稚，还混个什么劲儿？她不急着跟老公闹，只是淡定地回了句："比起一个知情识趣的'小三'，他更不愿意割舍的是面子里子都让他非常舒服的老婆。他'齐家'的大业没你可以，没我不行！"

有一天晚上，老公回到家脸色很不好。问他怎么了，他很烦躁地说供应商出了问题，眼看就要损失一个大客户。楚悦安慰他不要太着急，车到山前必有路。可能事情真的非常紧急，老公根本听不进劝，还大发脾气。楚悦没再说什么，只是顺着老公，当了他的情绪"垃圾桶"。

第二天下午，楚悦正在店里跟客人聊天，手机响了。一看是老公的号码，她意味深长地笑了。接起来之后，果然传来老公兴奋的声音："你太了不起了老婆！怎么事先都不跟我说一声呢？"

原来，那个大客户的老婆是楚悦店里的 VIP，彼此很谈得来。早在入会的时候，楚悦就特别留意她，还帮过她一个不小的忙。这次出了事，楚悦一拜托，一求情，对方自然满口答应。这么一来，她在背后不动声色地使力，却让老公在人前挣了面子——别人、尤其是竞争对手，以为客户铁了心跟他合作，纯粹是因为他公司的信誉好。而私底下的"交易"，除了当事人之外，根本没人看到。

老公欣喜加感激，别提多高兴了，拍着胸脯让楚悦随便开口，一定要"好好谢谢老婆"。楚悦却说："有什么好谢的？你的事不就是咱们家的事吗？左手帮了右手，还得举行个颁奖仪式啊？不过，你真想谢的话，嗯，今天晚上换你给我按肩膀，我不喊停不准住手。"

"还是老婆好。"这句脱口而出的话，让两个人都顿了一下。

楚悦开始"不依不饶"起来："老婆不好，那谁好？听你这话，好像有对比，啊？你老实交代，还有什么人好？"

他自然不会承认，楚悦本也不打算深究，"打情骂俏"了一阵，就算过去了。

可是，楚悦毕竟小瞧了程程，或者是低估了年轻人的"洒脱"和大胆。所以，她在开心网上看到老公和程程的"艳照"之后就完全破功了。那明显是从视频上截下来的图，正是两人衣衫半解时的样子：一个羞涩，一个激动。虽然都是侧影，但楚悦还是一眼就能认出来：那个男人，是她的丈夫啊！是她孩子的父亲，是她最爱的男人！可现在，他却跟另一个女孩以这种激情的方式，接受着众多网友的"祝福"和调侃！他凭什么？他们凭什么？而那个看起来总是羞答答的芭比娃娃给这张照片取的名字是：感谢我们如此相爱。

108

　　楚悦气得浑身发抖，抬手就把笔记本扫到了地上，干净漂亮的白色"苹果"发出几声脆响，就惨淡地黑了下去。在那一刻，楚悦真的非常非常恨那个叫"徐逸群"的男人。他不仅背叛了自己，还让自己以这种方式公然出丑。将来，无论她是否原谅他，这段婚姻都会成为一个笑柄！心一寒，楚悦就想撒手了。既然对方都以这样的方式跟自己叫阵了，自己还死抓着不放，面子里子已经都丢了，继续死撑下去有意思吗？

　　20分钟后，楚悦的情绪稍微平稳了一些，她给老公打了个电话："你登录我的开心网，账号是我的tom邮箱，密码是儿子的生日，上面有好东西，你看一下。"

　　没多久，老公的电话打了过来："老婆，你听我解释……"

　　楚悦咬着牙，一字一顿地说："不需要，再见。"说完就挂断了电话，并且直接关机。然后，摘下戴了8年的结婚戒指，从幼儿园里接走儿子就"消失"了。

　　其实，这张照片还真不是最近拍的，那是程程从很久之前偷录下来的视频上截下来的。因为徐逸群最近一直很冷淡，百般努力无果，冲动之下她就使出了这招，想让楚悦跟徐逸群闹翻，自己好乘虚而入。

　　这一招破釜沉舟，逼得所有人都必须马上作出选择。她既然是兵行险招，就已经做好了鱼死网破的准备。

　　徐逸群是个聪明男人，知道什么时候做什么样的选择最合适。首先，他跟楚悦的感情一直很好，彼此对对方也没有积压多少不满，对目前的状态还算是比较满意；其次，他目前并没有换老婆的打算，未来很长一段时间内也不会有，不想因为这件事闹离婚；第三，像

楚悦这样的老婆难找，像程程那样的小三却到处都是，而且她又不聪明地办了这样低级的傻事，他是打心眼里恼了。

　　一个男人想要彻底"打发"走一个女人的时候，并没有想象中那么困难。徐逸群处理好程程的事之后才去找的楚悦，诚恳郑重地道歉，并且解释发生这件事的原因：他就是因为下了决心要跟程程断干净，电话设成了拒接，短信也不回，才引来了她的激烈反弹。同时，为了表示自己的决心，徐逸群还把自己名下的所有财产都转到了楚悦名下。

　　抻了他一段时间以后，楚悦最终还是跟他回去了。而程程也已经彻底走出了徐逸群的生活，这点她可以感觉得到。日子还得过下去，为难现在就是跟将来过不去。而且，在这场二选一的抉择中，他毕竟选择了她。其实，最爱和最优常常是一种意思的两种不同解释。因为最爱，所以最优；因为最忧，所以最爱。

延伸阅读

　　说到这里，不得不提一下曾经火暴全国的《蜗居》。

　　宋思明和海藻这对有着不正当关系却让人看得无比躁动的情人，其火辣缠绵之处，曾让无数"爱情至上"的纯爱主义者们神往不已。他们或许真的相爱，可是，即使宋思明豪气万丈地让海藻生下他的孩子，即使他临死之前都惦记着海藻，他却从来都没有想过离婚、给她一个名分。宋太太依然只有一个，从来没有变过。

　　好吧，我们不要再去纠结这种"胜利"是否值得，宋太太没有成为弃妇，这毕竟是事实。那么是由于什么原因呢？

很简单，海藻固然是一个情趣小三，可宋太太却是一个优质老婆。她能自如并妥当地处理宋思明的各项事务，包括处理赃款、打点关系、照顾亲友等。而海藻呢，却像是一株靠在树上的牵牛花，要依靠着别人才能朝着阳光的方向伸展。虽然听起来残酷，但事实就是这样：老婆的"优秀"要比小三的"诱惑"更有价值。因为"诱惑"可以抗拒，而"优秀"带来的回报却很难拒绝——既然是利益共同体，就是共输共赢，谁会"大方"地把好处推开呢？说到底，人毕竟不是纯粹为着"情"或者"欲"活着的。

对这一点，宋太太也很清楚，听听她对海藻说的话："他对你，不过是逢场作戏。他不会娶你，也不会给你任何承诺。他需要你当门面的时候，你就得在那杵着。他不需要你的时候，你就要适时告退。如果以后再有其他的门面什么的，你也别抱怨、别生事。""该得到的我都得到了。爱我的丈夫，可人的女儿，应有的社会地位和尊重。女人到我这个年纪，活得这么舒畅的，不多。我没有任何怒气，我倒是很同情你，希望你能到我这年纪时，也能拥有与我一样多的东西，而不是像过街老鼠一样出门小心翼翼。"

这固然有一些女人间争宠打压的成分在里面，但也是话糙理不糙。老婆太优了，小三就得吃亏。不管将来谁下台，小三都会很痛苦：怎么能指望强大的对手大发慈悲地让她过舒服了呢？

做老婆要优质，这是为人妻者自保的强大基础之一。

闪开，
别动我的男人

16.抓住钱袋才能攥紧裤腰带

小三语录：

我爱你，是我的事；要不要跟我在一起，是你的事。

原配豪言：

有本事你真不爱他的钱，你们就相亲相爱地喝凉水、啃馒头过你们

的好日子。要不然，不好意思，他怎么可能开口跟我要钱去包"小三"？

小三杀招：无私的爱

原配拆招：无情的控制

所有人都说陆成明命好：事业有成、家庭幸福、孩子争气，哪儿都比别人强上一截，但最常被人夸赞的是他的老婆亚非。

在亲戚朋友间，亚非简直就是个"模板"，说起好媳妇必然就会提到她。她是出了名的能干，里里外外一把手，什么事都不用陆成明操心：从照顾老人孩子到人情往来，再到家里的财务政策，每一项都做得滴水不漏。所以，陆成明在家里一直过的是"大爷"一样的生活，一切都被照顾得无微不至。

陆成明一度是很享受这种被羡慕的感觉的，现在也不排斥，只不过太习以为常了，再也没有当初的兴奋和得意了。久而久之，在

112

家里的麻木和外界的刺激交互作用下，陆成明也时髦地跟别人玩起了暧昧。

直到这时候，陆成明才发现老婆太"英明"的弊端：虽然亚非从来都没让他缺过钱，但也不存在太"富裕"的情况。他的钱包里一般装着2000块的现金，不够再刷卡。也就是说，他花的每一笔钱都要向亚非报告。没有外遇之前，陆成明没觉得不方便，现在可就着实不便了。总不能跟老婆说：我要给别的女人买化妆品，麻烦你埋单吧？

陆成明再没有常识也知道：猛然间消费激增，会引起老婆怀疑的。尤其是亚非这种精明的主儿，用不了几次就得露马脚。没办法，他只能动用自己的小金库。可这毕竟不是长久之计啊！这小姑娘实在太可爱，让他欲罢不能。他一个大男人，总不能在约会的时候让女孩子埋单吧？因此，想要顺利地"发展"下去，就得从根本上解决"恋爱基金"的问题。

他这边感情甜蜜，亚非那边也不是毫不知情。世上没有不透风的墙，只要有事实存在，就总会被发现。从唐华嘴里得知老公在外面有了人，亚非倒也没歇斯底里地大哭，只是打听了一下对方是什么样的人，就冷静地跟她探讨起如何反击的问题："20岁的小毛孩子，屁事不懂，哪是喜欢他呀，是他装大尾巴狼装得太像了，把他当成金龟婿了吧？"

唐华点头，不在意地说："你只要让她看到老陆不过是你手里的'傀儡'，她就死心了。"

亚非越想越气，恨恨地说："我看好了一件羊绒大衣很久了，一直舍不得买。他倒好，一出手就是小一万，真不拿钱当钱！"

113

唐华不以为然："为什么不舍得买？省下来给别人花啊？"

于是，某天下午，陆成明带着小三逛商场的时候，"意外"地被亚非给撞上了。三双眼睛一对上，陆成明顿时就心虚了，既尴尬又不自在，生怕亚非在大庭广众之下发作。一时间，走也不是，不走也不是。亚非却只是看了他们一眼，什么也没说转身就走了，手上提着那件一直舍不得买的羊绒大衣。名正言顺地花他的钱，跟偷偷地花他的钱，是有很大区别的。一个是理直气壮、腰杆挺直，一个则是心虚胆怯、不明不白。

事情既然已经暴露了，总得给亚非一个说法吧。陆成明回到家的时候，已经失去享受了十多年的好待遇：没人接包、没人挂衣服递拖鞋、没人问他饿不饿，灰溜溜的，比老鼠差不了多少。陆成明自忖亚非不可能跟他闹得太僵、玩决裂，毕竟孩子都那么大了，谁都没有离婚的"雅兴"。只要双方面子上过得去，别太出格，睁只眼、闭只眼就过去了。因此，他赶紧道歉服软，说他只是一时糊涂、逢场作戏，以后一定跟那姑娘断干净。当然，两人都很清楚这只是一种说法，谁都不会当真。真能断的话，还能等到现在？

亚非正躺在床上看书，头也不抬地说："这件事你自己看着办。你断不了，我也拿你没办法，反正我是不可能离婚给她腾地方的。但是你也要搞清楚，我就算把钱都烧了也不会让你拿出去嫖。你那点儿小金库，花完了就自己想办法。违法乱纪也好，坑蒙拐骗也罢，那是你自己的事，你休想从家里拿一分钱出去养你的二奶。另外，再通知你一声，从明天开始，你的零花钱要凭票报销。但凡不合理的支出，也是你自己想办法补上。"

陆成明的后路一下子被堵死了，虽然心里气恼，却不敢在亚非气头上跟她理论，只能百般安抚，努力让她相信自己的诚意。

男人手里没钱，是很难潇洒得起来的。本来就过了耍嘴皮子、小聪明哄女孩开心的年纪，用钱来开路已经差不多是所有事业有成之士"秀"成功和爱情的必备手段：我想给你最好的，因为你也是我心里最好的。可今时不同往日，陆成明的钱包被迫成了"透明"的。小金库里的余额越来越少，已经不足以支撑他跟小三频繁地见面约会。因此，这对"苦命鸳鸯"约会的次数也被迫压缩，连见面的地点都受到了限制。

小三喜欢有情调的地方，爱喝量少但价格不菲的咖啡；钟情繁华热闹的大卖场，追捧体面却昂贵的名牌。这种种的喜好此时在陆成明眼里，简直就是一项项沉重的累赘。

拒绝一次，可以说："我今天比较忙，没时间陪你，你先去找同学玩，我忙完手上的事马上过去找你。"

第二次，任性、爱撒娇的小情人不高兴了："是不是你老婆不让你见我？我想你。"

第三次，她抽抽搭搭地哭起来："你是不是不要我了？我爱你，是我的事；要不要跟我在一起，是你的事。"

……

渐渐地，小姑娘终于确定了自己的怀疑：肯定是你老婆逼你了，你现在想跟我分手又说不出来，就等着我受不了主动提出来！

陆成明百口莫辩：说实话吧，又开不了口，太难启齿；骗她吧，她又不相信。真是左右为难。没办法，只能又哄又骗，循环在一个又一个的谎言中。

这段本来甜甜蜜蜜的"恋情"，因为后勤补给不足而生生地陷入

了僵局。陆成明左支右绌，应付起来越来越吃力。后来居然想了一个蹩脚的办法：跟哥儿们串通好了跟亚非"借钱"。亚非答应得很爽快，回头就给那哥儿们的老婆打电话，关注他们最近"缺钱"的原因。于是，这场闹剧马上就穿帮了，两个男人都被各自的老婆狠狠地教训了一顿。陆成明罪上加罪，零花钱被砍了一半，经济状况更是雪上加霜。

如此一来，陆成明和小三的"感情"就受到了更严重的考验，坚持了没多久就扛不住了。对陆成明来说，背着老婆找"女朋友"肯定不是为了谈"柏拉图式的精神恋爱"，可现在连开房的钱都短缺了，怎么继续得下去？而小三呢，欣赏这种"成功男人"的成熟魅力是真的，喜欢看他为自己一掷千金的样子也是真的：我年纪轻轻的，总不能白跟你这老男人吧？大男人一个，办事这么抠门，还像个男人吗？

看到火候差不多了，亚非适时地出场了。她找到小三，客气地请她离开，让她别再扮演这种不光彩的角色。

小姑娘年轻气盛，不愿意被压下去，也色厉内荏地吵了几句，大意就是：她跟陆成明相好，不是图他的钱和地位，是真的喜欢这种成熟的男人。你把我们逼成这样，他就会乖乖地回去跟你过日子吗？心不在了，留住人有什么用？

亚非放声大笑，接着就眼神一凛，杀气腾腾地说："有本事你真不爱他的钱，你们就相亲相爱地喝凉水、啃馒头过你们的好日子。要不然，不好意思，他怎么可能开口跟我要钱去包'小三'？"

小三毕竟见识少，又理亏，没几个回合就羞怯地铩羽而归了。

这件事"结束"以后，亚非跟唐华说过一句话："男人的裤腰

116

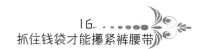

带不紧，就是因为钱袋太松了。钱呼呼地往外冒，肯定有一堆小姑娘上赶着给他们松腰带。"

唐华直乐："你这话虽然粗，但理儿不差，值得普天下所有老公出轨的老婆借鉴。"

不能武断地说所有的婚外情都没有真感情的存在，但很多时候，没钱就是不行。如果动机不纯、感情不够，只凭大量的资金支持，那么一旦断了钱路，就等于是断了情路。在钱不是锦上添花，而是重中之重的时候，能不能看好钱包很关键。

《基督山伯爵》中有一对很有意思的夫妻：腾格拉尔男爵夫妇。

腾格拉尔男爵是吃软饭的，靠着老婆混到了那样的地位。所以，他明知道老婆有情夫、给他戴绿帽子，甚至这件事已经成为上流社会的笑柄，他还是泰然自若地忍着，并且为老婆望风、遮掩，在人前营造出一对恩爱夫妻的假象。虽然妻子从来都不会给面子，但他还是乐此不疲地这么做。

老婆有情夫，老公不能有情妇，这种违背"公平"原则的丑事发生在上流社会，是很有意思的。可两个当事人都没觉得不妥，我行我素地"坚持"着。这很难理解吗？经济基础决定上层建筑，在夫妻关系中也是如此。别嫌这话不中听，事实就是这样：谁手里有钱，谁就有话语权。

男人为什么有钱就变坏？因为大家都爱钱。他有钱，

就有无数的人盯着他的钱包，并且绞尽脑汁地抠点儿出来。于是，一场打着感情的旗号、实为抢钱的战役打响了。战火纷飞中，"钱"像个恶作剧里的巫婆，站在暗处冷冷地、嘲讽地看着它主导的这一切。

那么，如果他没钱呢？他拿什么去一掷千金博美人一笑？而年轻的姑娘们，又怎么会注意到这个年龄厚重、钱包干瘪的老男人？

结论很简单：如果你有本事抓住男人的钱包，就别客气了。你梦寐以求的忠诚，他光靠理智是给予不了的。

17.把老公当成"禽兽"来养

小三语录：

我只是心疼你！

原配豪言：

你养狗吗？知道怎么驯狗吗？犯了错得抽，知错就改得奖。对不住了，我已经把老公当成"禽兽"养了很多年了，他只认我的味儿，你绕远走吧！

小三杀招：化身天使

原配拆招：扮演驯兽师

娜娜和老公王琦结婚那会儿，没钱没车没房，遭到了父母的强烈反对，但她还是凭着那股子爱情的热乎劲儿突破重重阻挠和王琦结婚了。那个时候，娜娜就发誓：一定要跟王琦好好过，不能让所有曾经反对他们的人看笑话；而王琦也信誓旦旦地保证：一定会让你过上别人眼红的好日子，并且一生一世都只爱你一个人。

两个人结婚这些年来，小日子过得还算幸福。而且，娜娜还相信一点：男人要管，孩子得教，放纵不得。所以，她一直是不遗余力地进行着"调教"老公的大业。比如，王琦喜欢玩个牌，没事的时候爱召集几个朋友"斗地主"。虽然玩得不大，但娜娜觉得这不是

个好习惯，一旦上了瘾，谁知道将来会发生什么！所以，娜娜严格控制王琦玩牌的次数和规模。只要发现他犯了规，就会进行一些惩罚：承包一个星期的家务，控烟三天，扣零花钱，给老婆捏肩捶背……王琦被这些规矩约束着，就会量力而行。再比如，如果他升职了、加薪了、股票赚钱了，两人就出去撮一顿，有时候娜娜还会奖励他一些一直想要的好东西。再比如，王琦晚上玩 CS 到后半夜不睡觉，娜娜就直接将电源一拔，拎着老公的耳朵往床上带；如果王琦周末没出去瞎跑乖乖在家里当家庭妇男，把家收拾得干干净净，娜娜就扑上去连亲带啃，美得王琦找不着北。

在这种有罚有赏的管制之下，王琦忠诚了 7 年。第八年，王琦出轨了。

可能是"七年之痒"痒上了，也可能是王琦这几年混好了开始得瑟了，他越来越觉得这媳妇儿有俩毛病让他很难忍受：第一，老爱使唤他；第二，对他要求太高。

别的不说，她每次都让他去买卫生巾这件事就让他很没面子！一个大男人徘徊在妇女用品区附近，还得拿起来看看日用、夜用，实在太"变态"了。每次去都会被异样的目光盯着，让王琦如芒在背，很不舒服。另外，她特别喜欢拿人家的老公跟自己比，整天嚷嚷着谁家老公换路虎了、谁家又在哪里买新房了……结果比来比去，还是自家老公最寒碜，就产生了相当大的怨气，还有数不清的唠叨，最后倒霉的还是王琦。

王琦心想：我好歹是一爷们儿，走在外面也算是个人物，整天被你呼来喝去的当成三孙子。你不稀罕我，自有别人稀罕我，到时候你可别哭！

娜娜发现老公出轨是在网上。

那天正好是每个月最倒霉的一天，又是周末，娜娜躺在床上直哼哼，把王琦支使得团团转。一会儿让他换热水袋里的水，一会儿又让他揉肚子，可怜的王琦只能化身听差小弟兼护士保姆。好不容易消停了，娜娜又想吃麻辣烫，打发王琦去买。王琦拗不过她，只好放下正打得火热的 CS 出门。疼了一上午，娜娜刚缓过来就来劲儿了，从床上爬起来去"反小三同盟委员会"跟帖。这是她最近的爱好，她从两个月前无意中发现了这个论坛开始就成了忠实"粉丝"，每天必来踩一下，而且已经跟版主祁月成了朋友，经常在群里聊天。

正聊得不亦乐乎，老公的 QQ 响了。娜娜没理，她可没有窥探老公聊天隐私的癖好。可 QQ 一个劲儿地叫，娜娜心想：兴许有什么事呢。结果打开一看，差点儿没气晕过去。第一句：想我了吗亲爱的？第二句：我刚到家，你怎么没来接我？手机也打不通。是不是你老婆不让你出来？第三句：你敢不理我?! 皮痒了是不是？罚你一个星期，不，一个月，不能碰我！

娜娜本来肚子就疼，这么看下来，更是疼得直冒冷汗。一时间，手也抖，头上也直冒冷汗，整个人像是刚从水里捞出来似的。

正难受着，王琦回来了，一边给她把麻辣烫放到盆里，一边还嘟囔："你这时候吃这个，不是找罪受吗？还加辣！我一点儿辣都没让放，你就象征性地过过瘾吧！"

自己说了半天，却发现什么动静都没有，王琦觉得奇怪，回头一看马上大惊失色：娜娜小脸蜡黄，嘴唇发白，浑身都在抖。当下也顾不上别的了，赶紧跑过去抱住她："怎么了老婆？还疼吗？刚才不是还好好的吗？"

镇定了一会儿，娜娜总算平静下来。她指指电脑对王琦说："有人找你，你去看看吧！"

王琦狐疑地走过去一看，头"嗡"的一声就大了：唉！怎么就让她给发现了呢？他讷讷地看向娜娜，什么也说不出来。虽然他跟车车打得火热，但却没有跟娜娜散伙的打算。一起过了这么多年了，爱淡了，情还在啊！

车车是刚从美国回来的"海龟"，人漂亮，也有本事，有房有车，未婚，29岁。她对男人的要求不是很高：一定要帅，最好还很温柔。于是，温柔的帅哥就成了她的目标。两人是网友，玩游戏的时候认识的。本来只是聊得来，后来越聊越热乎，渐渐地就暧昧上了。车车生日的那天，两人才确定"关系"。

其实王琦也算是被"逼"的。他知道自己有老婆，不太敢明目张胆地去勾引未婚女青年。

当时车车伤感地说：我都没有收到花。

王琦说：送的人肯定不少。

车车回答：想送的是不少，但没有我喜欢的，所以我坚决不收。你也想送吗？

王琦说：我想送你也不收啊！

没想到，车车居然娇羞地说：你又知道了？我看你根本就是不想送，你送我就收！

王琦骑虎难下，只能送。就这样，两人成了情侣。

直到甜言蜜语了很久之后，车车才知道王琦有老婆，顿时就怒了。王琦自知理亏，不免好言安抚。到后来，车车也"想开"了。她说："既然已经这样了，你就赶紧解决问题吧！我希望我回国的

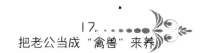

时候，你已经是单身了。"

可她回来的时候，王琦还是别人的老公。车车想了很多办法让他离婚，都没有收到实效。这次她到外地出差，王琦本来是答应了去接机的。不巧赶上娜娜生理期，忙来忙去的就给忘了，而且还被娜娜发现了两人的"奸情"。

窗户纸一捅破，就没必要再遮掩了。王琦和娜娜痛快地吵了一架，把对对方的不满都发泄了出来。然后，王琦就被气头上的娜娜给赶出了家门。反正没地方去，又被老婆扫地出门，王琦就索性跑去找车车。

而这边，娜娜一边哭着一边跟祁月求助。

祁月说："犯了错是该抽没错，可你也别把他推到别人怀里去啊！你用脚趾头想想，他现在去哪儿了？"

娜娜已经六神无主："那现在怎么办？"

"让他回来领罚啊！他不是嫌你太不把他当回事吗？从现在开始你就把他当回事，说你离不了他，没他什么也干不了。他已经习惯了，只是偶尔想挣扎一下。你稍微给点儿甜头，他就乖乖就范了。看过驯狗的吗？抽多了它怕、想逃，这时候你给它吃颗糖，它就觉得这是天底下最甜的糖。"

正跟车车腻歪着呢，王琦的电话响了。一看是家里的电话，车车不乐意了，抢过来就给挂了："都把你扫地出门了，又找你干什么？不准接！"

可电话一直响，王琦就不放心了："她今天肚子疼，又生了一顿气，不会出事吧？"

车车不相信，死活不让他接。

王琦心里发慌，一时间口不择言，就说了句："你怎么这么冷血？你也是女人，又不是不知道那种滋味！"

车车气坏了，委屈得直哭："我只是心疼你！"

王琦最终还是接了。电话那边的娜娜有气无力："你真想让我死啊？"

不用说，王琦回到家又被娜娜"收拾"了一顿。可她黄着脸，又很虚弱，这"收拾"倒像是撒娇。王琦遭受过更猛烈的，倒真没觉得怎样。半夜被赶到客房去睡，刚睡着却听到门响，原来是娜娜猫着腰进来了。

王琦坐起来问她怎么了，她低着头委屈地说："我手冷脚冷，肚子又疼。"

王琦马上就明白了，赶紧把她抱过去给她暖手暖脚。娜娜靠在他怀里，幽幽地说："我们结婚的时候，我就发誓一定要好好过，别让人看笑话。现在真成笑话了。"

王琦也难过，谁都不想走到今天这步。两个人安静下来，抱在一起渐渐睡着了。第二天起床的时候，王琦发现娜娜已经出去了，床头上放着一个包装好的盒子。如果王琦没猜错的话，应该是一只烟斗，这是娜娜送给他的相爱 10 周年纪念日礼物。他们在一起 10 年了，只是不再像当初那么相爱。

两个人都不再提那天的事，相处模式也没太大变化。只是娜娜的"命令"柔和了许多，更像是撒娇。王琦真有点儿受宠若惊，心里一美，脾气就小了。

有一次车车给王琦打电话被娜娜给接了。两个女人一对上，都没好气。娜娜让车车该干吗干吗去，别上赶着给人家当小三。车车也不甘示弱，说："他不傻，知道谁对他好！"

娜娜哈哈大笑："好有什么用！你养狗吗？知道怎么驯狗吗？犯了错得抽，知错就改得奖。对不住了，我已经把老公当成'禽兽'养了很多年了，他只认我的味儿，你绕远走吧！"

男人都是"禽兽"，对他太好了他会欺负人，对他太差了他会反抗甚至咬人。只有软硬兼施，才能既看得住又不会受伤。有赏有罚，时间长了，他就会自动形成一个认知，明白自己哪些该做、哪些不该做。就算一时忍不住做错了，也会心存忌惮，不敢太胡来。要一个人对另一个人一辈子忠诚，心里眼里只有他（她），或许有些困难。但在诱惑来的时候多些理智，却是可以做到的。爱上一个男人不是一辈子的事业，调教好他才是。

延伸阅读

近年韩国有一部热播的电视剧叫《妻子的诱惑》，讲了一个被丈夫背叛后人生跌到谷底的妻子成功复仇的故事。

"人鱼小姐"张瑞希倾情主演，再次成功演绎了一个复仇女神的形象。

张瑞希扮演的家庭主妇具恩才原本过着简单而平静的生活，没想到却被最好的朋友爱利抢走了丈夫，还差点儿被丈夫害死。由此，她的生活彻底改变，整个人生跌到谷底。不甘心失败的具恩才决心进行报复，在自己任职的公司的老板帮助下，成功华丽变身，由一个柔弱善良的女性变成了可怕的"妖妇"，最终彻底破坏了前夫的家庭。

这个励志故事曾让无数的家庭主妇心潮澎湃。是，成功

复仇的原配了不起，但那个狠毒又有心机的小三却同样不简单。

她坏，但总有一些地方让人讨厌不起来。这且不说，单看她对付男人的手段就很耐人寻味：勾引老公的时候，温柔性感又体贴懂事，婚后发现老公有出轨的苗头时又毫不留情地严防死守。老公做得好，又是撒娇又是说好话，用一些小手段哄得他心花怒放；老公做得不好，就狠狠地惩罚。在这种政策下，原本花心的老公居然"怕"了，虽然背地里也做坏事，但还是不敢太明目张胆。一个女人能让一个男人"害怕"，就足以证明她很不一般。

男人是"禽兽"，就会本能地习惯"禽兽"的待遇。有赏，才能对比于罚的残酷；有罚，才能反衬出赏的可贵。生活要有趣，不能无趣，而这，正是一个"驯兽"的过程。

18.善变的老婆有糖吃

小三语录：

　　贤妻良母早就过时了！像我们这样的新新人类，才更对他的胃口。

原配豪言：

　　去他的贤妻！他不是想要风情万种的小三吗？他不是喜欢暴力野性的野蛮女友吗？行，没问题，家里也有，你好好享受吧！

小三杀招：勾起他对新生活的向往

原配拆招：让好戏在家里上演

　　博文誉是个"富二代"。父母做房地产起家，大赚了一笔之后又向别的行业扩张，到如今已经是名声在外的"大财主"。他们都希望儿子能继承父业，将来接手他们的事业，继续做个生意人。

　　可博文誉却偏偏爱上了画画，喜欢风雅之事，尤其欣赏才女，对生意上的事倒不怎么上心。正因为这样，他才爱上了出身书香门第的霍怡。

　　霍怡长得不是特别漂亮，但胜在有气质，整个人看上去像一幅典雅脱俗的工笔仕女画，望之赏心悦目。这一点曾让博文誉倾心不已。更难得的是，夫妻两人还志同道合，都对国画有一定的造诣。

博文誉每次画画的时候，霍怡就在旁边磨墨、取水、调色，然后静静地站在一旁看，偶尔给点意见。红袖添香，是多少文人墨客梦想的生活。而现在，他博文誉就实实在在地有了，能不让人为之忘情吗？博文誉沉浸在这种夫唱妇随的生活里，感觉自己生活得特别惬意。

博文誉的父母也很喜欢霍怡。不仅因为儿媳高雅得体，特别有面子，关键是她对经营也很有一套心得，常常给他们出谋划策。再加上她有一张巧嘴，公婆更是喜欢得不得了。

"艺术家"的爱情总是那么"随兴"。爱的时候死去活来、山盟海誓，不爱的时候感情也消失得很快。35岁的博文誉有才有貌还有财，又十分儒雅，吸引了一批年轻姑娘的注意。只不过，一则是他身边一直站着一个韵味十足的霍怡；一则是博文誉能看上眼的人不多。因此，两人结婚的这5年来，虽然时不时有桃花的香气扑鼻，却一直没有"伤筋动骨"，感情还算相当甜蜜。

可这次，霍怡知道老公的心"飞"了。对此，她早有思想准备，再好看的风景，看久了都一样。何况是人呢？

博文誉的出轨对象是父亲一个合作伙伴的千金遥遥。遥遥对他一见钟情，她年轻前卫，敢想敢做。因此，心一动，就麻利地行动了。

年轻、大胆、充满了各种稀奇古怪想法的遥遥，给了博文誉前所未有的感觉。他觉得自己年轻了、更有活力了，每一天都充满了刺激。遥遥跟霍怡是两种完全不同的类型，一个热情如火，一个沉静似水。他已经被水喂饱了，现在想试试被火"烧"的疼痛和幸福。遥遥闪亮的鼻环和削短的栗色头发让博文誉迷醉不已。他常常轻吻着她的鼻翼说："谢谢你宝贝，你给了我灵感。"两个人爱得如火如荼，很快就公然地出双入对了。他不再窝在家里画国画，而是跟着遥遥参加各种热闹而有趣的聚会。

各种风言风语传到霍怡耳朵里。有的是存心想看笑话，有的满怀同情，有的则是想窥探。霍怡一律不理会。可这次，对面的人是祁月、她可爱的学妹，她就不能再当做没听到了。

霍怡苦笑："我能怎么办？不是没吵过，没用。他爸妈也不管，要我忍。说男人没有不花的，逢场作戏的事不能当真，只要他还愿意回家就行。"

祁月冷笑："那是能逢场作戏的人吗？真玩出事了，可就不好收场了。你连个孩子都没有，到时候拿什么硬拼？"

霍怡小声地说："那是他的问题。"

祁月被震住了，但马上镇定下来，耸耸肩说："那姑娘我见过一次，人不错，就是被爱情冲昏了头脑。这次不管不顾地当小三，还真不图别的。人家什么也不缺，像是真看上姐夫了。你也知道，这种情况最麻烦了。"

霍怡点头："我知道，我也见过她。她很实在，说她是真的喜欢博文誉。还说，"她顿了顿，才低声接着说道："她的原话是——贤妻良母早就过时了！像我们这样的新新人类，才更对他的胃口。"

祁月乐了："果然是性情中人。不过，姐夫口味换了，你就不会换吗？非得让他吊在她那棵树上？"

被这个古灵精怪的学妹教育了一番之后，霍怡顿时来了斗志，居然很不淑女地咬牙切齿道："去他的贤妻！他不是想要风情万种的小三吗？他不是喜欢暴力野性的野蛮女友吗？行，没问题，家里

也有，你好好享受吧！"

等博文誉意识到的时候，他的妻子已经变身成了百变女郎：一会儿是性感小野猫，一会儿又玩嘻哈朋克风，再不就尝试一下吉卜赛女郎的感觉……

娴雅端庄的霍怡突然爱搞怪了：博文誉画画的时候，她突然把墨汁泼到画布上，即兴玩起了泼墨。

宽容大度的霍怡有脾气了：如果博文誉有哪件事答应了她却没有做到，她虽然还是不哭不闹，背后却总要搞点儿小动作让他吃回"闷亏"。

博文誉诧异了：我平日里知书达理的文静太太现在怎么这么活灵活现了？

可是，尽管霍怡一直在努力，博文誉也还是被转移了一部分注意力，遥遥依然存在于他们两人中间。霍怡的怒气在结婚纪念日那天爆发了。

他们曾经约定每年的结婚纪念日时双方都要互送礼物。这天，霍怡精心准备了烛光晚餐，还把自己收拾得漂漂亮亮的，并且揣着一份"大礼"要给老公一份惊喜。可她满心期待地等到晚上，老公却一直没有出现。12点已经过了，他还没回来。电话一直关机，怎么也联系不上。

霍怡开始有点儿担心，怕老公出事。后来一打听，又火了。原来，博文誉正陪着遥遥参加一个酒会！

霍怡既失望又绝望：他连结婚纪念日都忘了！难道他真想放弃这段婚姻吗？在他心里，这个有重要意义的日子竟不如小情人的一次聚会重要！

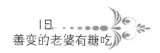

不是爱情浅薄，是诱惑太沉重。霍怡没有时间哭，她一定要在天亮之前把"离家出走"的老公带回来。

霍怡给祁月打了个电话："月月，我现在需要你的帮助……"

灰姑娘出场的时候为什么轰动了？因为她美，她的行头不一般。霍怡不是灰姑娘，她已经在这些年的养尊处优中修炼成了贵气逼人的女王。所以，在她穿着酒红色露背晚礼服、戴着半边面具出现时，酒会上的所有人都看向了她。

霍怡今天晚上很有"攻击性"：张扬、性感、神秘、野性、冷傲，跟平常的风格大相径庭。她一边应付着凑上来搭讪的男人，一边漫不经心地寻找着博文誉。在这种众星捧月的气氛中，想不被人注意都难。没错，博文誉也看到了，他觉得这个女人感觉很熟悉。直到看到她胸口挂着的滴泪钻，他才确定：这女人是他老婆。

博文誉有点儿不高兴：情人被别人这样打量着，他会觉得骄傲；可老婆被形形色色的目光包围着，他就会觉得不舒服。这就是区别。因此，他想要过去把她拉走。遥遥不干了："你想干吗？"

所谓齐人之福，只有在这时候最让人头疼：两边都割舍不下，却又被逼着只能得罪一个。

等到博文誉可以脱身的时候，却发现霍怡正在跟一个男人跳舞。一曲终了，博文誉上前拉起霍怡的手就走出了酒会。

霍怡很温顺，没有反抗，任由他把自己拉出去。

上车之后，博文誉问她："你怎么到这里来了？"

霍怡脸上一点儿笑意都没有，冷冷地反问道："我为什么就不能来？"

博文誉叹了口气："我今天没犯错误吧？你有话好好说，行

不行？"

"没犯错误？"霍怡扬起脸看着他，大大的眼睛里蓄满了泪水，一字一顿地说，"你还好意思说？你想想，今天是什么日子？"

博文誉想了半天，终于明白自己做错了什么。这是他第一次忘记了结婚纪念日。博文誉不由得愧疚起来，赶紧道歉。霍怡却不理他，从手包里拿出一张系着红丝带的纸递给他："这是你今年的结婚纪念日礼物。你可以要，也可以不要。"

博文誉惊疑不定地接过来，难以置信地攥住霍怡的肩膀小心翼翼地问道："真的？我要做爸爸了？"

霍怡无视他兴奋的脸，淡淡地说："他来得不是时候。"

原来，博文誉和霍怡结婚这些年一直没有孩子，原因是这位才华横溢的艺术家博文誉患有弱精症。他们尝试了几次人工授精都没有如愿，没想到这次居然成功了！

这个小生命的到来，给霍怡增加了很多底气。公婆也大喜过望，终于肯出面跟遥遥的父母谈谈，说："儿媳现在有孕在身，受不得刺激，遥遥是个好姑娘，应该有更好的人来配她……"

遥遥的父母本来就不支持女儿胡闹，现在更加强硬地反对，直接把她"绑架"到了国外。

博文誉难过了一阵子就"没时间"惦记遥遥了：老婆最近越来越"古怪"，花招百出，让他应接不暇。而且她在怀孕期间反应又强烈，没少折腾他。

浪漫的艺术家进入了人生的另一个阶段："期待新生命的降生，原来是这般感动。"

延伸阅读

"小龙女"是许多男人的梦想：单纯、清冷、痴情、不食人间烟火般的美貌。可这样的女子，除了杨过这种能造成"误终身"后果的极品男人，一般人是消受不起的，甚至连远远地望着都觉得奢侈。相比较而言，古灵精怪的俏黄蓉就亲和多了。不喜欢小龙女的人很多，却几乎没有人不喜欢黄蓉。

黄蓉最让男人心痒难耐的就是那些稀奇古怪的想法。说白了，就是善变。今儿觉得这个有趣，就去尝试一下；明儿又爱上别的了，又兴致勃勃地去挑战一下。就像她自己说的：她什么都会，却什么都不精。跟这样的女孩在一起，得多刺激啊？她让你平静，让你激动，让你心潮澎湃，让你心甜如蜜……

人生最大的乐趣不就是在重复中制造不同吗？正如再美的衣服也不能终止女人逛街的习惯一样，男人也希望有"不同的女人"来填补他的生活。男人爱作怪，女人照样可以。把他向往的东西搬到家里上演，也不影响观看效果。说白了，他们乏味的只是日复一日地"重复"，没有悬念的生活总是让人没办法持续地期待。这是人之常情，无可厚非。你能做的，就是让这种"重复"变得更有悬念一些。虽然还是换汤不换药，婚姻的本质不会改变，但至少能让双方在这个过程中多一些期待。婚姻埋藏的不是爱情，是相爱的双方为了成全爱情而作出努力的心意。

19.把你儿子的姓改了先

小三语录：
　　没有你我会死！

原配豪言：
　　如果他一点都不考虑孩子而非得跟你过，那我也没什么好说的了，连骨肉亲情都不顾的人我要了也没意思。话说回来，他如果还念着他的孩子，你就没戏唱了。

小三杀招：以死威胁
原配拆招：亲情感召

"没你我会死！"白雪哭着向后退，眼看就要退到栏杆边上了。

"快回来，有事慢慢说。听话，过来！"韩之江紧张地向白雪慢慢靠近，绞尽脑汁地想要劝她回来。

躲在安全门后的陈梦终于看不下去了，她冲出来对着白雪说："想死你可以去跳钱塘江！从这里跳下去，就是为了昭告天下你给你的老总当小三被抛弃了吗？想挤掉我就另想办法，别用这种贱招！大不了我把他让给你！"说完，冲过去一把把她拽了回来。

看着情人从生死边缘被拉了回来，韩之江明显松了口气，但也被突然冒出来的妻子给镇住了。他尴尬地想要和陈梦说点儿什么，

134

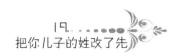

可她却冷着脸把白雪推到他怀里，转身就走下了天台。

回到办公室，陈梦把自己摔坐在办公椅上，一个没忍住，泪水就"哗哗"地流下来了。男人有钱就变坏，难道真是一个无法破解的魔咒吗？韩之江曾经是个多么体贴的男人啊！当年生下儿子之后，韩之江心疼她，不愿意让她受上环之苦，他一个大男人居然去做了结扎手术！现在倒好，不但出轨，还弄出这么大的动静！这下好了，自己被生生地搞成了一个大笑话，全天下的人都知道了！不过，她百分之二百地肯定：白雪绝对不是真的想跳下去！真想寻死的人怎么会轻易允许别人靠近去救？陈梦拉她的时候，她可是一点儿都没挣扎就顺势向陈梦这边靠来。亏得韩之江120的智商，居然会相信这种小儿科的把戏！

其实陈梦也不敢奢求韩之江一辈子都对她忠诚。不管多不服气，她确实已经人老珠黄不值钱了。近40的女人，怎么可能拼得过如花似玉的小姑娘呢？而正值最有味道的年纪的韩之江，有风度有财势，怎么可能心如止水地守着她？她只有一个要求：玩可以，尽量处理得干净一点儿，别让她看到；另外，别忘了回家，只要家庭不受影响，她也就睁一只眼闭一只眼了。

也许韩之江也是这么想的，可白雪却明显不能跟他达成共识。她想要成为韩太太，想要名正言顺地站在他身边，想要他每天晚上都躺在她的床上……于是，就有了这出大戏。

好事不出门，坏事传千里，这场闹剧没多久就传遍了。秦襄打电话过来的时候，陈梦正一个人生闷气。一听到秦襄的声音，她更委屈了。两个人是多年的好朋友，陈梦也就没什么好隐瞒的了，便一五一十、痛痛快快地哭诉了一场。

秦襄冷笑："真想死很简单，用不着闹得人尽皆知。你老公想负责你就成全他，让他好好享受这个动不动就寻死觅活的小情人。你也没什么好慌的，分他一半家产就够你舒舒服服地过一辈子了。不过，就算你想做好事，你老公还不见得同意呢！"

陈梦不解，迟疑地问道："为什么？我自己主动让位，他巴不得呢！肯定就顺水推舟了。"

"你放心让继尧跟着别人过？你可就这么一个宝贝儿子。"

陈梦马上明白了，可她一直很不愿意拿儿子说事。孩子是无辜的，他也不应该被当做父母婚姻的筹码。

秦襄的回答很冷静："这不是威胁，也不存在利用的问题。你只是用这种方法让韩之江明白你的底线在哪里。他不想断子绝孙，就不能让你家庭破裂。选择权在他手上，没人逼他。"

这天晚上，韩之江破天荒地早早回了家。不管怎样，一个起码的解释和道歉还是要有的。就算是走过场，也得把该走的程序都走完。陈梦坐在书房里，静静地看着他，脸上没有任何表情，看不出来她是怎么想的。结果，韩之江一个人干巴巴地说了半天，陈梦却把他当空气一样，什么反应都没有。

韩之江只能没话找话："今天你那句话是什么意思？"

陈梦揣着明白装糊涂，懒洋洋地说："哪句？"

"我就那么不值钱？你还让来让去的？"

"等着人家来赶，岂不是更没面子？还不如自己识趣点儿，认清自己的位置，好歹能留点儿颜面。"陈梦没好气地说。

韩之江有点儿尴尬："你看你，瞎说什么？你什么位置还不清楚吗？你好好地待着就是了，谁会来赶你？"

陈梦冷笑："人家连命都不要了，我能怎么样？我胆子小，万一出了人命，我可担不起这样的责任。咱们还是商量商量财产分割的事吧！你们今天搞了这么一出，全天下的人都知道了。谁是过错方，一目了然了吧？该要的我一点儿都不会客气。我儿子我得带走，他跟着后妈我不放心。另外，通知你一声，我儿子跟了我之后，我马上给他改姓，我看见姓韩的在我身边晃就不舒服。"

韩之江呼地站了起来："你，你至于吗？这不是要我的命吗？这件事情，我一定会尽快解决，你别瞎想！"

日子一天天过去，白雪还在等待着陈梦兑现她的"诺言"——把韩之江让给她。可期望越高，失望越大，陈梦再没出现过，韩之江却跟她提出好聚好散。追问了半天，才知道是因为儿子。白雪这次没闹。她知道韩之江对他的儿子爱逾性命，不敢拿这个说事，只能苦苦哀求，发动眼泪攻势，才使韩之江没有狠下心来跟她恩断义绝。

而陈梦也早已计算着白雪的到来。果然，白雪约她见面，陈梦如约而至。

白雪哭得梨花带雨："陈姐，我跟你不一样，我是真的爱他……"

陈梦的脸马上就拉了下来："别跟我来这套，我不是韩之江，不会怜香惜玉。咱们有什么说什么，装腔作势的没意义！他不想跟你好了，跟我没关系，你该找谁找谁，别来跟我套近乎。我家亲戚不会来撬我老公。"

白雪抹抹眼泪，无辜地看着她说："他是想给儿子一个完整的家，我知道。您觉得这样有意思吗？心不在了，留住人，留不住心，

是最可悲的。"

陈梦不以为意："如果他一点儿都不考虑孩子就非得跟你过，那我也没什么好说的了，连骨肉亲情都不顾的人我要了也没意思。话说回来，他如果还念着他的孩子，你就没戏唱了。"

白雪的小脸更白了，显得更加楚楚可怜。

陈梦索性一次性跟她说明白："如果你还想跳楼，那你就跳吧！但我得提醒你，恐怕韩之江不会再出现了，他可能会报警。不过你放心，如果你真有什么意外，他一定会好好安排你的家人的。"

白雪眼里的泪珠摇摇欲坠，此时再也控制不住落下来，最后竟号啕大哭。陈梦看着她，心里却毫无悲悯，同情对手就是对自己残忍。

后来陈梦对秦襄说："有句台词说得真好：有一种胜利叫撤退，有一种失败叫占领。我觉得就是在说我。赢了也没什么意思，不是靠我自己的本事。"

秦襄安慰她："就算是撤退了，也是胜利的姿态；占领了就解气，算不上失败。这种事，能留守到最后就是本事。你不要总觉得你沾了你儿子的光。他如果不顾念你、铁了心跟你争儿子，就凭你，还真能争得过他？他还是不舍得。儿子好，儿子他妈也很重要，不冲突。"

延伸阅读

知道徐子淇为什么非得要生个男孩吗？

在她幸福的生活里，没有一个儿子来压阵，是很不牢靠的。就算她曾有过至今无人能超越的 7 亿世纪婚礼，就

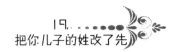

算她人前人后总是笑靥如花、幸福无比，但是，没有儿子，这一切就都"不真实"。特别是在大伯有了三胞胎儿子的前提下，说没有压力，那是不可能的。

中国人对血缘的重视远胜于其他民族。尤其是家大业大的豪门大户，更是必须要有一个把事业传承下去的儿子。家长重视传承香火的儿子，就得适当地给儿子的妈开开绿灯。哪怕将来出现什么问题，看在儿子的面上，也会通融许多。所以，"少奶奶"们想要地位稳固，就必须要有个好孩子，给夫家生个男孩。有钱人这样，普通人家也不例外。

老一辈人说：过的就是孩子的日子。给儿子面子，就会给儿子他妈面子，所有的爱屋及乌都是类似的。更何况这个人还是结发的妻子。男人的绝情和多情，界限没那么明显，要他彻底背叛，需要足够的筹码。如果他权衡之后发现"忠诚"更靠谱，一定会做回好男人的。爱情拼不过，就拼感情、拼亲情。反正到了不再激情四溢的中年，最重要的已经不再是爱情。

20.所有的山楂树都是一个模样

小三语录：

　　你不觉得吗？我们已经牵手走进了童话里。你是我的王子，我也想做你的公主。告诉我，这个要求奢侈吗？

原配豪言：

　　你今天跟她走过的，也曾经跟我一起走过。但你能确定20年后，她会比我更好？

小三杀招：制造童话

原配拆招：重温旧梦

　　看得出来，钟黎是个要强的女人。即使到了现在这种时候，也倔犟地昂着头，不想让自己显得太狼狈，可红肿的眼角和疲惫的神色还是出卖了她。

　　楚悦和秦襄坐在她对面，一声不吭，静静地等着她开口。

　　又是一段佳偶变"怨偶"的故事。

　　钟黎跟周涛虽然是经别人介绍的，却一见钟情，第一次见面就确定了关系。然后，顺理成章地结婚、生子、创业。两人当年一起白手起家，吃了不少苦才有今天。

　　说到这里，钟黎激动起来："……那时候是真困难。要钱没钱，

140

要关系没关系，就是一股劲儿。我们俩天天都在算计怎么能省几块钱，可苦归苦、累归累，就觉得日子过得充实。他总觉得对不起我，说不但养不起老婆，还连累老婆跟他一起受罪……有一段时间，每天中午吃饭的时候，他总是找借口出去，让我一个人吃。我觉得奇怪，就跟踪了他一次，结果发现他就蹲在外面抽烟。说出去吃是骗我的，他是想省下一个人的饭……我当时就哭了，他也抱着我哭，说一定要好好努力，将来让我过上好日子……现在好日子有了，他竟找上了别人。那女孩子比我女儿大不了几岁，除了年轻什么都没有，哦，不对，还会搞一些花里胡哨的贱招哄他高兴，玩浪漫，酸得牙疼。"

钟黎偷看过周涛的短信，其中有一条让她又好气又好笑。

小三说："你不觉得吗？我们已经牵手走进了童话里。你是我的王子，我也想做你的公主。告诉我，这个要求奢侈吗？"

一个有家的男人，凭什么去当别人的王子？而你的公主梦，又有什么资格在别人的丈夫、别人的父亲身上寻求？

秦襄递给她一张纸，眼神里传达着无声的安慰。

钟黎一边道谢一边低头擦眼泪。又沉默着坐了一会儿，钟黎才幽幽地开口说道："男人就是这样，多情。有了新的，也不想在旧的那里落了不是。他们俩再好，他也没忘了每年的结婚纪念日，还有我的生日，所有重要的日子他都记得，他说他永远忘不了我们是怎么走过来的……真是讽刺，恶心透了！"

楚悦却若有所思："话也不能这么说。他能记着，就总比忘了强，起码说明他还很珍惜你们这么多年来相互扶持着走过来的情分！"

秦襄也点头表示赞同："红旗不能倒，彩旗也得飘，他哪边都

不想放下。你们一起走过的这 20 年，对他同样很重要。"

钟黎撇了撇嘴说："他这个人就这样，怀旧。我以前送他的那些东西，我自己都忘了，他还收着，有空了就拿出来看看。但是，也就这样了，该找情人还得找。"

"忠诚早就是上世纪的美德了，我们真不敢强求，能相安无事地过下去，就算上辈子烧了高香了。"秦襄浅浅地笑着，眼神一片清明："像你老公这样的人，可能就是天性里带着那么点浪漫，这没办法。但是，你得告诉他，再美好的感情熬到最后，结局都是类似的。山楂树好看，也只会长出山楂来，结不出人参果。都是山楂，吃哪一颗很重要吗？"

"她比你年轻浪漫，但不一定有办法超越你跟你老公共同的回忆。"楚悦也附和道。

这天晚上，钟黎一反常态，没冷脸、没发脾气，带着这段时间以来难得的平静精心做了一桌子菜。周涛回家一看，马上就愣住了。

原来，这一桌菜都是他们最艰苦的时候钟黎"发明"的，不需要多么贵重的食材，却好吃又有营养，曾经是周涛的最爱。

钟黎一边盛饭一边说："偶尔忆苦思甜一下吧！大鱼大肉吃惯了，容易起腻。"

周涛不言语，低头沉默着吃饭。

钟黎却没有胃口，吃着吃着，泪水就大颗大颗地掉下来。

周涛叹气："你这是何苦呢？！"

钟黎这次倒也听话，抹抹眼泪继续低头吃饭。

流年永在消逝，生活无法太平。婚姻不是童话里的城堡，不能为爱情遮风挡雨。20年前的周涛和钟黎，情浓意热的时候，怎么会想到会有一个相顾无言的今天呢？

钟黎翻着从前的照片，既感慨又伤感："我那时候皮肤多好！现在是彻底残了，多少化妆品都遮不住。"

周涛失笑："这是自然规律，谁都没办法抗拒。你也不用难受，你有的，年轻小姑娘身上也没有。"

"什么？"

"阅历啊！时间积淀出来的东西，也是任何化妆品都比不了的。每一根皱纹都有它的魅力。"

钟黎笑笑，指着其中的一张照片说："你看你那时候多土啊！"

"你不土！你看看这个红马甲，简直就是村姑的基本装备！"周涛笑着反击道。

"这张你还记得吗？你刚爬上去就瘫在地上了，怎么也拖不起来。"

"怎么不记得？那是我第一次爬山！你非得逼着我去，唉，爬上去都累死了！"

……

照片翻了一张又一张，故事说了一段又一段。那些风花雪月的情怀固然已经没有了，但所有的回忆经过岁月的发酵之后，却自有一股温情隽永的味道。他们无法再像当年那样热烈、羞涩、兴奋地直视对方，可是在眼神交汇的刹那，那份共有的感受已经足够了。大部分的夫妻，都不会热烈地相爱一辈子。只要安稳地、平静地一起走下去，就是功德圆满了。曾经相濡以沫过，就无法相忘于江湖。白发苍苍的时候一起牵手看夕阳之所以成为许多恋人的终极梦想，

就是因为这个画面代表了一个意思：我们参与了彼此大部分的生命，苦乐与共、一生相伴。只要能够一生"纠缠"，只要对方还在自己身边，就是幸福。

晚上临睡前，周涛突然说道："很久没出去看电影了。"

这次钟黎没扫他的兴，还附和地说："嗯，在电影院里看跟在迅雷上看总是不一样。你明天没事的话，请我看电影吧！"

看电影、抚今追昔，其实都不能改变什么。唯一能起作用的是：在气氛美好的时刻，周涛不至于太扫兴地给钟黎添堵。

有 一天晚上，周涛接了个电话就匆忙出门了，钟黎也悄悄地跟了出去。因为出门的时候有点儿慌张，周涛压根儿就没发现自己被"跟踪"了。

想不到那个年轻的小三如此大胆，居然找到了他们家！在小区外的咖啡厅里，周涛有点儿不安地跟她"交涉"着。

女孩固执地要周涛明天参加自己的生日 Party，因为朋友们都想看看她优秀的男朋友。

周涛无奈地说："小雅啊，我不是跟你说过了吗？明天周逸尘要回家，我出不了门！"

"我不管！你明知道这个日子对我很重要！过生日就是要最重要的人陪着一起过，你不在，这个生日还有什么意义？"

钟黎再也忍不住，从后面走了过来："明天对我儿子也很重要，他想要他的爸爸陪着他一起吃午餐。"

一看是她，周涛一惊，不由自主地环视了一下四周，生怕被熟人看到这种尴尬的场面。

钟黎没有为难他们，只是客气地让周涛赶紧回家。女孩低着头缩在那里，一副可怜巴巴的样子。钟黎强迫自己不去看她，因为一看她就很想失态。可现实情况是：如果她现在失态，最丢脸的是她，还有周涛，最"无辜"的反倒成了这个破坏她家庭的女孩。

回家的时候，钟黎注意到周涛眼里的不忍，心里一阵抽痛，她再次漠视、无视、忽视。这条早已经走习惯了的路今天怎么这么长？长得像是要耗尽她所有的力气。

那天晚上，钟黎拉着周涛去了一个地方——他们开第一家店的那条老街。

"这条街还是很热闹，你的眼光真不错！"钟黎感慨地说。

周涛很自得："当然，我什么时候挑错过东西？"

钟黎拉着周涛问道："你看，那个是不是小李家的馄饨铺？"

"是啊，现在鸟枪换炮变成连锁酒店了，"周涛环视着说："你怀逸尘的时候，为了哄着你多吃点东西，我可没少来折腾人家小李。"

钟黎也想起了从前的事，很是动情："也奇怪了，平时还不觉得，一来到这里，以前的事就像放电影似的，一件一件地在眼前晃，跟昨天发生的一样。"

"可不是嘛！什么都没感觉到呢，一晃就20年过去了。"

钟黎盯着老街的那头，低声说："都是一样的路，只是感觉不一样罢了。就像你今天跟她走过的，也曾经跟我一起走过。但你能确定20年后，她会比我更好？"

周涛沉默了一会儿，不置可否地说了句"太冷了，回家吧"，就拉着钟黎回去了。

开始的时候容易，断起来却很困难，这个钟黎明白。所以她等着，就如同她当年等待周涛成为一个成熟、沉稳的男人一样。守得

云开的过程或许苦了些，但只要能等到月明的光辉，那些苦楚就值了。

跟别人去做同样的事，就算知道结果，还是忍不住跃跃欲试地去做。不是事新鲜，是人新鲜。甚至有时候还会想：不同的人，会不会有不同的结果？

可现实是：所有的山楂树都是一个模样。

延伸阅读

曾有媒体拍到梁家辉和妻子携手逛街的照片。照片一出，舆论哗然：因为影帝身边的这个女人，体态臃肿、装束土气，没有半点儿的星味，看起来跟梁家辉很不般配。

所有人都在盛赞梁家辉是"绝世好男人"。梁家辉却很平静："都说我是一个好男人，那是因为我太太是世上最好的女人，是她的好激发了我的好。"

梁家辉很幸运，刚出道就被大导演李翰祥挑中，出演了《火烧圆明园》《垂帘听政》等影片，他也因此成为金像奖历史上最年轻的影帝。可是，他的事业并没有因此而一帆风顺。他曾被"封杀"过，很长一段时间都没人找他拍戏。为了维持生计，梁家辉和几个朋友一起在铜锣湾的夜市摆地摊。最困顿的时候，当时担任香港电台制作人的江嘉年找到了梁家辉，请他参加广播剧的录制。

从那时起，两人的缘分便开始了。江嘉年陪着梁家辉度过了所有的辉煌和落魄，无论多么艰难，两个人都相互扶持陪伴。这么多年来，他对妻子的疼爱和照顾给所有合作过的演职人员留下深刻的印象。梁家辉解释说："到我这个年纪，名、利都不算什么了，我现在更愿把精力放在经营家庭上，不能让它有一点儿闪失。"

都说娱乐圈诱惑多。身为影帝的梁家辉没被"诱惑"过吗？这显然不太可能。不能说他比别人高尚，只能说他比别人清醒，他清楚地知道：在这个世界上，再也不会有一个女人能像妻子那样无怨无悔、掏心掏肺地对他。

被别人珍惜，就要珍惜别人。如此，这份珍惜才有意义。

21.他能离开我，却离不开我们共同的生活

小三语录：

　　我最讨厌的就是"黄脸婆"这种生物了。明明已经没有感情了，还死拉着他不放，有劲儿没劲儿？

原配豪言：

　　是，他不爱我了、他跟我没感情了、他摸我就像摸自己，那又怎么样？他就算能离开我，也离不开我们纠缠在一起的生活！你非得让他走，就是让他五马分尸、皮开肉绽。

小三杀招：高调争取

原配拆招：拿生活说事

　　"我最讨厌的就是'黄脸婆'这种生物了。明明已经没有感情了，还死拉着他不放，有劲儿没劲儿？""80后""小三"果然不同凡响。珑珑这句话一说出来，如意就"破功"了，端起桌上的水就泼了出去。

　　珑珑根本不在意，连脸上的水都懒得擦，眼神里满是挑衅。她信奉一句话："只有不努力的三，没有爬不了的墙。"眼下这阵仗对她来说只是小儿科，非但不觉得羞耻，还感觉很刺激，大有将"逼宫"进行到底的架势。

很遗憾：如意虽然是名正言顺的"正宫"，却被小三欺负得有点"惨"，走的时候脸都绿了。

如意几乎是在一把鼻涕一把泪地哭诉：当年她为了子建，毫不犹豫地放弃了出国留学的机会，不顾所有人的反对，毅然地下嫁还是穷小子的子建，并且帮他创业、陪他成长。这么多年来，她没有自己的事业、也没有自己的生活，全部的重心都在子建身上。照顾他，帮他打理公司的大小事务，让他生活得像个皇帝一样。她本来就对生活没有太高的要求，能"平安如意"地过上一生，就是她的福分了。可现在，钱不缺，地位也有了，女儿刚考入了名牌大学，家里却多出了"第三个人"。子建成了"缩头乌龟"，不但没有一句明话，还遮遮掩掩地跟小三在背地里"爱"得如胶似漆。更过分的是：小三如今都已经找上门来逼她下台了，子建都没有给她吃一颗定心丸，只是气呼呼地说："你别生气了，我一定好好教训她！"听他这意思，是想跟谭校长一样，过一妻一妾的"好生活"了。

"……男人怎么都这么不要脸？需要你的时候甜言蜜语，什么傻事都能干出来。不需要的时候就当成破抹布，是留是扔他说了算，全看心情。我真是瞎了眼，怎么就看上了这样的人……"

如意已经成了标准的怨妇，浑身都是冲天的怨气，像复读机一样循环"播放"子建的忘恩负义、变心绝情，顺便再"插播"一下小三的恬不知耻。

跟她比较熟的唐华趁着她擦眼泪的空当打断她："现在子建什么态度？"

"还能什么态度？要我当瞎子，不要去打扰他们神仙眷侣的好日子。"

忍了很久的祁月突然问道："你在家也是这么批判你老公的吗？"

如意有点心高气傲，现在要不是病急乱投医，也不会把这四个人一起约出来。她跟唐华之外的另三个人都不熟，本来就不自在。被祁月这样的态度一刺激，更加不高兴了，脸一拉，不友善地说："他不该说吗？本来就是他不对，我没敲锣打鼓地让全世界都知道，已经算对得起他了。"

祁月耸耸肩，可恨地反问了一句："当年有人逼你吗？你老公没把枪架在你脖子上让你跟他结婚吧？"

如意被噎住了，瞪着她半天没说出话来。

"这是你自己的选择，跟别人没有关系。只不过你老公因为你这个选择受惠了而已。你不嫁他，自有别人嫁他，也不一定过得多差。男人都是要面子的动物，你过分夸大你自己的贡献会让他不舒服。他就算对你心存愧疚，也会被你无止境的提醒和抱怨磨干净耐性。他要想心安理得、体体面面地生活，就得摆脱掉你，因为他一看到你就会被迫想起沾了你多少光。这是很致命的！恩惠这种东西，只有在别人愿意记住并且报答的时候才有意义；如果别人已经忘了，甚至觉得累赘，它就成了定时炸弹了。"祁月说得很不留情面。

如意安静下来，若有所思地沉默着。

唐华觉得不忍，安抚她说："你也别灰心。他不是还没跟你翻脸吗？那个'三儿'再有能耐，想拆散你们这个家也是很有难度的。你和子建，已经像两棵常年纠缠在一起的老树一样，血肉都长在了一起，硬生生地扯开会伤筋动骨的。"

秦襄也点头表示赞同："以前的事都已经过去了，拿来说也没什么分量，还不如拿你们现在的生活说事，让他知道没你不行。"

150

"他有很多关系都是你在打理，这种搭档式的夫妻关系，是很有'纠缠点'的。"楚悦如是说。

如意回到家跟子建谈判："那边你断不了，我也不能强求，但请你约束好她，别让她不知进退地再来烦我，当二奶就得有二奶的样。惹急了我，我找人把她的脸划了，看你还愿不愿意包她！另外，你那份股权转让书我签字了，你有兴趣的话也可以通知她一声。哦，还有，我前段时间太像怨妇了，可能唠叨得你很不高兴，我向你道歉。我以前是心甘情愿的，现在也得坦然地接受这个结果。"

子建虽然松了一口气，但还是觉得奇怪。以如意的性子，怎么可能接受？但不管怎样，这个结果可谓是皆大欢喜了，再追究就是自讨苦吃了。

正如一个男人想要偷腥而老婆防不胜防一样，一个老婆想要不动声色地收拾老公也有很多法子。如意果然不再过问珑珑的事，貌似完全恢复了正常。子建以为她已经想开了，就放下心来，同时也收敛了一些：人敬一尺，我可以不敬一丈，但总不能一点表示都没有。把她安抚好了，自己也省心不是？

可如意却突然更好客了，常常主动组织聚会或者邀请朋友到家里做客。问起来，就淡淡地说："女儿不在家，你也忙，我不找点事打发时间，不得闷死？我可不想早死早超生。"

家里聚会多了，来往的都是生意上的朋友或伙伴，子建这个男主人不在家，怎么也说不过去。没办法，子建就得常常推掉跟珑珑的约会回家。珑珑知道他的"应酬"就是回家之后，跟他闹了好多次，都被子建压下了。这他得承认，如意组的这些"局"确实是有好处。他有什么理由拒绝呢？而且，他刚刚还让如意帮忙解决了一

个问题，于情于理都不好得罪她。

子建有一个铁哥儿们是做工程的，去年如意帮他介绍了一个项目，可今年项目结束了，却迟迟收不到尾款。这哥儿们找人送礼没少费周折，就是见不着银子回来。他之所以一直不敢找如意再出面，就是因为跟子建太铁、太清楚他的事了。子建跟珑珑好的时候，他可没跟如意通气；现在闹得这么厉害，他又怎么张得了口？

倒是如意主动问起了，听说尾款追不回来，一个电话就打到了那边的负责人那里，要他赶紧结账。这下轮到这哥儿们不好意思了，一个劲地道谢，并且当着子建的面一再夸嫂子如何深明大义。如意也不客气，照单全收。事后，这哥儿们又跟如意道歉，说子建这事自己办得不太厚道，请嫂子别放在心上。如意说："你们是哥儿们，你不出卖他是应该的，我替他高兴。如果你跟我说了，我反倒害怕。他有什么事你不知道啊？万一你成心想害他，那还了得？"

不用说，这番话又原封不动地传回了子建耳朵里。两个大男人既愧疚又不好意思，不由感慨了一番。哥儿们劝子建："玩归玩，还是得回家。嫂子这样的好女人，得好好对待。不说三贞九烈吧，起码别让人不舒服。她给你面子，你也得给她面子，互相尊重一下总能做到吧？"

子建这次很听劝，没提出什么异议就回家了。

可是，他也确实舍不得珑珑。她比如意年轻，比如意漂亮，比如意有情调，比如意爱玩爱撒娇……这一切都让他这个人到中年的"老男人"难舍难分。可他也得承认：这年轻的小情人有时候真不让人省心。她去找如意，子建其实很不高兴，但后来被她一番撒娇发嗔，事情也就过去了。最让子建头疼的是：这姑娘的占有欲未免太强了点！

自从珑珑公然跟如意宣战之后，就把所有的事情都摆到了桌面上，连子建每月跟如意做爱几次都有明确规定。有时候，为了证实他的"忠诚"，还凌晨十二点给他打电话侦察，这让子建很郁闷。虽然为了哄她，子建口头答应过她的无礼要求，但并没有认真遵守过，被她这么闹上几次之后就有点烦了。更过分的是：有一次珑珑发现子建身上有几根挑染过的头发时，居然不依不饶，甚至把他的手机都给摔了。子建每天因工作忙得焦头烂额，好不容易抽点空过来就是想放松一下，哪能受得住这个闹法？心里一烦，他就吼了一句："废话！我身上有我老婆的头发不是很正常？"

这话真是捅了马蜂窝，珑珑差点儿没把天掀下来。最后，子建只能落荒而逃。

他没想到的是，他走后不久，珑珑又再次找上了如意，要她退位让贤。

这次如意却狠狠地回复她："是，他不爱我了、他跟我没感情了、他摸我就像摸自己，那又怎么样？他就算能离开我，也离不开我们纠缠在一起的生活！你非得让他走，就是让他五马分尸、皮开肉绽。"

被两个女人一软一硬地"夹击"着，子建很不好受。纠缠了一段时间，他对珑珑的兴趣就没那么浓了。找情人不是为了找罪受，你不让我舒服，我可以找别人，就这么简单。

正如每个人都有自己的活法。在这个活法里，就会有一些"自己的"人和事。如果不能背叛这种活法，也就不能背叛这些人和事——纠缠得太深，已无从分割。

有个圈里人说："那些所谓的绯闻八卦，百分之一百二是真的。"

有人辟谣，有人沉默，有人气愤，可这个圈子已经习惯了这种游戏规则。抗议无效，一切都是娱乐。

那么，林子祥和叶倩文这段婚姻，是不是也如传闻中那样貌合神离呢？

有新闻说：林子祥和叶倩文已经正式分居，两人各过各的。已经60多岁的林子祥形单影只，晚景凄凉。

又有消息称：叶倩文给林子祥戴了绿帽子，已经跟她的羽毛球教练搞在了一起，还有图片为证，说得有鼻子有眼。

还有传闻说：叶倩文已经向林子祥提出了离婚，林子祥在后台失声痛哭。

但新年刚过，叶倩文出现在公众面前的时候，又轻描淡写地说："我们的婚姻没有任何问题，结婚久了都这样。"

传了这么久，哪个是真的呢？

我们姑且相信那位"圈里人"的说法。那么，我们可以大胆猜测：这又是一个经过商讨、妥协、慎重权衡之后的结果。

他们当年爱得轰轰烈烈。为了迎娶叶倩文，林子祥不顾妻子和两个孩子的苦苦哀求，毅然决然地当了一回"陈世美"。许多年过去了，他们居然过着这样的婚姻生活。离，还是不离？

　　离了，过往的一切都显得无比讽刺。而且，眼下这青黄不接的时节，名气不那么响了、影响力没那么大了，一拍两散之后不会过得更难看吗？既然是一条绳上的蚂蚱，还是站在一条船上同舟共济吧！争口气也好，搭伙过下去也罢，这桩婚姻存在下去的价值似乎更大一些。

22.无毒没丈夫

小三语录：

　　老公，她打我，我忍了，但我爱你没有错！

原配豪言：

　　你，还有你，装可怜、装无辜没用！这时候我再心慈手软，就是脑子进水了。不心狠手辣一点，你们这对狗男女还不得反了天！

小三杀招：示弱坚守

原配拆招：心狠手辣

　　白青黛是唱正旦的。戏里温柔缠绵、善解人意，戏外却性格暴躁、情绪化，有时候还有点儿人戏不分。就因为这些，常常让丈夫刘猛感叹：如果妻子有情人罗玉兰一半的正常就好了。

　　公平地说：白青黛是个很敬业、很努力的演员。除去演出的时间，只要闲下来就会在家里苦练。这可苦了刘猛。

　　刘猛是个编剧。喜欢安静，也需要安静。可白青黛却要天天在家吊嗓子，时不时还拉着他帮她分析音律、腔调、人物。更难以忍受的是她人戏不分，将戏中后羿的诺言当做刘猛对她的誓言，生怕哪天刘猛不守信离她而去，因此常常患得患失。她自言自语、念念

156

有词的样子让刘猛心里直发毛。

罗玉兰是个单身妈妈，和他们住在同一个小区，是某事业单位的公务员。人长得不是特别好看，但是会打扮，每天收拾得干干净净，既时尚又不失庄重，整个人看起来很舒服。再加上平时多看了几本言情小说，说出话来总带着股"文艺腔"，很有点伤春悲秋的味道。这正对刘猛的胃口。刘猛呢，虽然也不是很出众，但胜在读了一肚子的书，加上脾气又好，因此，他就凭着这股温和儒雅的气质征服了罗玉兰。

因为两人算是远亲，罗玉兰搬到这个小区以后就常去刘猛家走动。一来二去，这两人就背着白青黛勾搭上了。

罗玉兰经常来借东西，或者送点新鲜吃的，空闲了还听白青黛唱两段。白青黛开始压根儿就没往那方面想，一是顾念有点儿"亲戚关系"，二是不相信老公会对不如自己漂亮的罗玉兰有兴趣，三是乐得多个"粉丝"，因此也很欢迎她来。其实罗玉兰对唱戏根本没兴趣，她频繁地来只是想借机看看刘猛。

但白青黛毕竟不傻。罗玉兰去的次数太多了，已经超出了正常"友谊"的范畴。仔细一观察，发现罗玉兰的心思压根就不在戏上，反而直拿眼睛往刘猛身上瞟，而刘猛也时不时遮遮掩掩地回视一下。

白青黛这才搞明白是怎么回事。她心里暗暗好笑，觉得这一对"狗男女"实在是胆子不小，居然在自己眼皮子底下玩这套把戏。可能是太自信了，她居然没太把罗玉兰当回事，也刻意不对他们两人设防。一是想观望一下他们到底到了什么程度，二是想顺便测试一下她的"后羿哥哥"是否信守诺言。

直到那天早上，白青黛才险些爆发。她吊完嗓子之后走到阳台

上收衣服，却看到罗玉兰和刘猛正肩并肩亲昵地往回走。这时候，一只狗突然跑出来，吓了罗玉兰一跳，她惊叫一声就躲进了刘猛怀里。刘猛一边赶开小狗，一边还搂着她安抚。两个人郎情妾意，看起来好不甜蜜。白青黛气得直哆嗦，知道自己再不出手就真的晚了。

白青黛家住3楼，从楼上往下喊话楼下也能听到。她扯着嗓子喊了一句："刘猛，我饿了，快回来吃饭。"

楼下正忘情地抱在一起的两人赶紧分开，尴尬地望向白青黛。

刘猛回到家之后苦苦地解释。白青黛拉着脸说："你不是也怕狗吗？以前见了狗不都是往我身后蹭吗？今天怎么有勇气当护花使者了？刘猛，我警告你，你别瞎得瑟！别以为你会写点破剧本就牛气哄哄了！你当年追我的时候可是发过誓的，举头三尺有神明，小心应誓。你女儿如果知道你是这么个东西，看她还会不会崇拜你？"

刘猛一边干巴巴地否认，一边急切地表明立场，尤其强调的是：别在孩子面前胡说。她还小，万一当真了，极有可能影响到她的情绪。

白青黛冷冷地表示：看在孩子的面上，我暂且压下，以观后效。

虽然得到了老公的保证，白青黛还是不放心。刘猛只是个三流编剧，没钱没地位没长相，罗玉兰能看上他，图的是什么呢？难道俩人真产生感情了？这可大大地不妙。

白青黛唱戏可以，应付这种事还真是没多少经验。毕竟结婚这些年来，刘猛一直很"老实"，对她说不上百依百顺吧，十依九顺还是基本达标的。这事突然一出，着实让她措手不及。想来想去还是没主意，就给秦襄打了个电话。

秦襄的意思是：他俩目前可能只是暧昧着，还没有"机会"发

158

生实质的行为。所以你闹得太大反而不好，逼急了破罐子破摔怎么办？你得赶在他们有下一步发展之前扑灭这些暧昧的小火花。你呢，最近对刘猛好点，别总是凶巴巴的，趁着他现在有点惊弓之鸟，赶紧收复失地。那位罗小姐呢，既然是公务员，肯定要注意影响，你跟她"晓以大义"，她不会不听的。必要的时候狠点没关系，但要注意分寸。

白青黛连连称是，但还没来得及做什么呢，一场好戏却加速上演了。

很俗套的戏码：刘猛声称去哥儿们家餐叙，并且该哥儿们也打电话隆重邀请过，白青黛不以为意，就痛快地放行了。可是，她去超市买东西的时候，却发现该哥儿们也在购物。一套话，才得知刘猛"突然有事"，提前走了。

白青黛稍微一琢磨就明白了。气怒交加之下，提着东西就杀到了罗玉兰家。

心情不好，就顾不上风度了，白青黛死命地敲罗玉兰家的门。可她敲了半天，手都拍红了，还是没有动静。白青黛打刘猛的手机，果然听到熟悉的音乐从屋里传出来。白青黛什么也顾不上了，拍着门大喊："罗玉兰，你再不给我开门你试试！出来！你给我出来！"

没办法，罗玉兰只能把门打开了。白青黛一冲进去就甩了她两巴掌。刘猛使劲儿抱住她，央求她别冲动。白青黛又哭又叫，踹开他就跑到了卧室"取证"。果不其然，两人慌乱之下没来得及消灭"罪证"，用过的卫生纸还在垃圾桶里放着呢！

白青黛彻底崩溃了！冲出去对着刘猛又踢又踹，罗玉兰去拉也被她打了。一时间，三个人厮打成一团——其实就是白青黛轮番打

他们两人。

罗玉兰哇哇大哭："老公，她打我，我忍了，但我爱你没有错！"

白青黛听了更想揍她，可被刘猛死拖着不放："求你了，冷静点儿，先回家，好不好？"

白青黛看着披头散发的罗玉兰和同样狼狈的丈夫，气得一屁股坐在了椅子上，指着他们说："你，还有你，装可怜、装无辜没用！这时候我再心慈手软，就是脑子进水了。不心狠手辣一点儿，你们这对狗男女还不得反了天！"

最后，白青黛给出了处理方案：今天这事就当是刘猛没憋住出来"嫖"了，你罗玉兰自愿免费跟他睡，我也没意见。但是，从此以后你们不准再来往，否则我就去找你们领导谈谈。我不是吓唬你们，我肯定做得出来。另外，你赶紧找房子搬走。住哪儿我不管，反正你得赶快从我眼前消失。万一我控制不住，到你女儿学校去找她，可就不是今天这规模了。

罗玉兰吓得脸都白了，求助地看向刘猛，却发现他也一声不吭。没办法，只能含泪同意了。

回到家之后，白青黛对刘猛说：我以后不在家里吊嗓子练功，尽量不影响你创作；你是你，后羿是后羿，我以后再也不会把你当成戏里的人；我脾气不好尽量改。但是，你不能一错再错，这是最后一次。如果再让我发现你们俩在一起，不管有事没事，我都不会放过你。你们不要脸我就陪着，看谁最后受不住！

没多久，罗玉兰就搬走了。刘猛伤感了一阵子也就恢复了正常，白青黛没再揪着这事不放，确实温柔了许多。夫妻两人又过回了从前的日子。不能说罗玉兰事件没有一点儿后遗症，但毕竟整体的气

160

氛还是和谐的。

白青黛对秦襄说："关键的时候就得心狠手辣，什么仁义大度都是狗屁！不让他们知道厉害，他们是不会死心的！"

秦襄笑了："从理论上说，你这种观点也没错。但狠的手段和方式，其实可以有很多种。不管怎样，这件事解决了，就值得恭喜。"

延伸阅读

说起来，《红楼梦》里最"毒"的莫过于王熙凤。尤其是在对待情敌的态度上，她的处理更加战术化。

得知贾琏在外面养了尤二姐，心里酸得直冒泡的凤姐是怎么做的？先大张旗鼓地把尤二姐接过来，然后又大大方方地带着她去见各位长辈，表现得非常有大房风范。接着呢，一边对尤二姐示好，又一边抓她的小辫子，让她的未婚夫去告状；再然后，又在暗地里虐待她，生生地把一个花朵一般的人物折磨得没了人形，连肚子里的孩子都没能保住。

最后，尤二姐惨烈地死了，凤姐如愿以偿地整理了自己的头号情敌。后面的事暂且不说，单说她的心计和谋略之深，就不是一般男子可以做到的。

情敌猛于虎，轻视不得、同情不得。农夫和蛇之所以无法达成共识，就是因为彼此的主观意愿不一致：农夫不合时宜地动了恻隐之心，蛇本能地恶毒行事，于是，就发生了恩将仇报的惨剧。因为同一个男人，两个立场不同的女人是永远无法真正地和谐相处的。"争宠"这种行为一

161

旦发生，就要有个输赢，无法中途停止。千万别为你的喊打喊杀不好意思，同情对手就等于放弃自己。不是东风压倒西风，就是西风压倒东风，"毒"到点子上，直中命门，你才能笑到最后。

23.大部分男人没有"乱伦"的嗜好

小三语录：

　　他喜欢照顾我，喜欢把我当成女儿宠，你嫉妒也没用！他不会这样对你的。

原配豪言：

　　你就别做梦了。男人喜欢女儿是没错，上辈子的情人嘛，可是，大部分男人是正常人，他们没有乱伦的嗜好。

小三杀招： 示弱、扮可爱

原配拆招： 挑拨离间

　　20年前，留学回国的袁朗和会展设计师于帆经人介绍走到了一起。两个人都是比较理性的人，对婚姻没有过高的要求，只要衣食无忧、平平安安地相伴一生就可以了。

　　这些年来，他们过得平淡而安稳，没有激情，却不乏温情。两个人相敬如宾，默契十足。现在儿子已经上了寄宿初中，平时家里只有他们夫妻两个，生活未免单调、沉闷了一些。于帆可以做到心如止水，袁朗却不能。就在这时候，活力四射的音乐院校大学生闯入了他的生活。

　　于帆知道的时候，旋子已经受不住当"三"的苦楚公然跳出来

163

争取合法权益了。

那次，于帆做了一个展会，正忙活着，一个年轻娇艳的女孩走过来跟她打招呼。众目睽睽之下，她递给于帆一个小包裹："昨天晚上袁朗落在我那儿了，我没有时间洗，喏，还给你吧！"

于帆脑子一阵发蒙，愣了好半天没反应过来。他们夫妻俩虽然没有多么深厚的感情，却一直相处得很融洽，她无论如何都想不到沉默寡言的老公居然会出轨！而且，他事先也没有半点征兆，表现得一如从前。是她太笨了，还是袁朗太精明了？

当下，于帆也顾不上展会了，拉着这位敢当众暴露身份的小三离开了场地。一了解情况，于帆真的傻眼了。原来，袁朗跟这个叫洛暇的女孩已经好了两年，彼此山盟海誓，已经到了非对方不可的地步。

洛暇没有丝毫的害怕和不好意思，大大方方地说："他喜欢照顾我，喜欢把我当成女儿宠，你嫉妒也没用！他不会这样对你的。"

于帆都不知道自己是怎么走的。这真是个天大的笑话！当着同事、客户的面，用这种方式宣告了袁朗的出轨。她几乎可以想象回去之后大家会用怎样的目光"安慰"她！第一次，于帆产生了逃走的想法。她不知道自己接下来以什么样的表情出现最合适。

正纠结间，客户来电话了，要她赶紧回去。没办法，于帆只能收拾了一下心情回去了。

客户叫楚悦，是个30多岁的女人，漂亮、知性，而且特别"潮"，很有女人味，说话办事也相当麻利。而且，她身上有一种吸引人靠近的魔力，让人很难抗拒。

于帆很不好意思，觉得自己刚才的行为很不专业，赶紧跟楚悦

164

道歉。楚悦却不以为意，像什么都没看到一样，如常地跟她交流。直到工作结束的时候，楚悦才悄悄地递给她一张背面写了字的名片，示意她回去再看。

到家以后，于帆把名片上写的 QQ 号加上。点开一看，名字居然叫"反小三同盟委员会"。于帆这才知道楚悦是要帮她解决小三问题。

当时正好轮到唐华在线"值班"，听她说完之后，问了她三个问题：

一、你老公有没有哪怕是一次，向你抱怨过对你们这段婚姻的不满？

二、他是不是处理得很干净，没有让你发现任何蛛丝马迹？

三、你是想默认了他们的关系，还是想让这个小三消失？

于帆想了想，回答道："他这人不太爱说话，从来没跟我说过不满意之类的话，我们平时相处得还算不错，各方面都很和谐。这次的事，如果不是洛暇来找我，我还真是一点感觉都没有。以我的了解，他倒不至于要跟洛暇结婚，但都好了两年了，肯定是有点儿感情了，不知道能不能拆散。"

唐华发过来一个笑脸："没有打不跑的三，只有不用心的老婆。照现在看来，你老公是基本认同目前这种婚姻模式的。他对你不见得很满意，但至少没有很大的不满；他不想离婚，但想有个固定的三。不过，你不用担心，男人找三是本能，但让不让三转正却不是用本能来判断的。以我的感觉，你老公应该是那种看起来好说话，其实是只要他决定了，别人就很难改变的人。所以，我不建议你逼他马上做决定，他有他自己的主张，如果不是心甘情愿，恐怕很难

165

断掉。与其你乱，倒不如让他们先乱起来，你坐收渔利就好了。"

　　两人商讨了一下，于帆心里多少有了点儿底，不再像白天那么慌乱无助。还没说完呢，袁朗回来了。于帆赶紧下线，若无其事地招呼他。该做面膜做面膜，该洗澡洗澡，像是什么都没发生。

　　袁朗见她没什么反应，也不打算问。反正结果都一样，不捅破这层窗户纸，还能留点儿面子。

　　可是让袁朗奇怪的是：于帆很正常，洛暇却突然"躁动"了起来。不但不停地给他打电话，见了面也非得缠着他不让他走，有时候连他周末回家陪儿了、看父母的时间都想占用。时间长了，他就有点儿不悦了。可只要他一说，洛暇就哭，说："我就是想你嘛！有什么办法？你只要不在我身边，我就会胡思乱想，特别害怕……"

　　洛暇的反常到底是怎么回事呢？就是因为于帆找了她一次。

　　于帆平静地说："除了你，他还同时跟两个女人好着。我也不知道该怎么给你们排顺序，小三、小四、小五，你们自己分吧。上次你去找我，我是有点儿愣。你这整容整大发了，我都认不出来了，没想到他又换新的了。不过无所谓，反正不是我看，怎么都行。我来见你呢，也是不偏不厚，另外两个都见过了，也不能单落下你。我知道你不信，证据都给你带来了，你自己看吧！"

　　洛暇本来是不信的，可一看到那些照片就不得不信了。袁朗跟别人在一起，要多甜蜜有多甜蜜。

　　于帆怜悯地说："他愿意玩，你们也愿意配合，但有一句话还是再说一遍，他不可能跟你们中的任何一个人结婚，你不在意的话，我是无所谓。"

　　洛暇伤心加恼怒，口不择言起来，说袁朗答应过她：最迟明年，一定会离婚娶她，并且一辈子像宠女儿一样地宠她。

于帆大笑："你就别做梦了。男人喜欢女儿是没错，上辈子的情人嘛，可是，大部分的男人是正常人，他们没有乱伦的嗜好。"

因为有了这个心结，洛暇就瞎琢磨上了，有时候还有点儿无理取闹。平时还好，袁朗就忍了，可这次，她真把他惹毛了。

袁朗本来是在洛暇那边听她弹琴，突然于帆打电话过来，说儿子上楼的时候踩空了，从楼梯上摔了下来，现在正在医院，要他赶紧过去。

父子连心哪！袁朗一听，什么情绪都没有了，挂断电话就往外走。洛暇又起了疑心，拉着他死活不让走。

袁朗心里火烧火燎的，被她这么胡搅蛮缠，当下就火了："我数到三，你赶紧给我松开，再闹我可就翻脸了！"

洛暇见硬的不行，只好来软的，哭着说："人家是胃疼犯了，刚才看你挺高兴的，就忍着没说。你好歹把我送医院去吧！"说完就捂着胃部蹲下了，看起来真的很难受。

没办法，袁朗只能先带她去医院。结果，折腾了半天，医生说她只是情绪有点儿激动，身体上没有任何毛病。

袁朗当场就火了。想到儿子现在正躺在医院里，又疼又怕，妻子肯定也急得团团转。自己身为一个父亲、一个丈夫，居然在这里陪着小情人瞎闹！顿时就把洛暇"恨"上了！

洛暇看他脸色不好，还想试着调节一下气氛，抱着他的胳膊撒娇："你还是在乎我的……"

袁朗一把甩开她，指着她说："你有病！我们俩完了！"说完扭头就走，洛暇哭着追过去，袁朗却理都不理，径自上车走了。

到了医院，于帆正在手术室外走来走去。他赶紧走上前询问情况，于帆的眼睛已经哭红了，看到他满头是汗，又反过来安慰他："你别担心，不会有事的。"至于他为什么拖了这么久才到，于帆却一句话都没有问。

袁朗最终还是跟洛暇断了。他是个理性的人，凡事计算得很清楚，不会做一些让自己不痛快的事。洛暇是很可爱、很漂亮，可她有时候太不懂事。这次儿子的事算是给他提了一个醒：她居然能这么不顾时机地瞎闹，以后指不定还会给他捅什么娄子。为了安全起见，他决定中断跟洛暇的关系。

事后于帆在群里说："我原来以为他是那种对风花雪月不感兴趣的人，现在明白了，其实主要是人不对，没激起他的兴趣。"

祁月回复道："正如最纯洁的女人是婊子一样，君子的另一面其实是禽兽。对风花雪月不感兴趣的男人不是真男人，记得在风花雪月之后回家的男人才是好男人。"

延伸阅读

网上有本小说，叫《养个女儿当老婆》，曾经风靡一时。这种跟平常不太一样的视角，给读者提供了更多的想象空间：既当爹又当老公，这种感觉多刺激啊！

在现实生活中，这样的例子也越来越多见。有钱的老男人恋上年轻貌美的小姑娘，尽管她小得已经可以当自己的女儿，依然照娶不误。有什么大不了的？年龄不是问题，身高不是距离，无敌的是"真爱"。

没错，这种现象越来越普遍了，甚至渐渐成了潮流。

尤其是在北京、上海这样的一线城市，人的生活压力大，再加上越来越离谱的房价的推波助澜，被现实逼得无处安放爱情的年轻姑娘，也越来越喜欢这样的搭配。有什么不好？各取所需嘛！我负责貌美如花，你负责赚钱养家，皆大欢喜。

可是姐妹们，傍大款也是需要技巧的。你娇嫩的脸并不能解决所有的问题。比如，你以为他喜欢年轻的，就把自己"折腾"成了他的女儿。他不缺女儿，搞不好他女儿比你还大。

男人或许会喜欢女儿式的情人，她们肆意张扬的任性确实很有看点、很可爱，他愿意包容、怜惜、纵容，可是，也就只能到这里了。带回去真正意义地变成"自己的"，可能有点不值。

闪开，
别动我的男人

24.爱情"百年好合"，亲情"千秋万代"

小三语录：

君生我未生，我生君已老。君恨我生迟，我恨君生早。

原配豪言：

知道你为什么没戏吗？因为爱情能扑灭，亲情断不了。少有的几对成功的，都去找上帝报到、请上帝成全了。你如果不要命了，那我也成全你。关键是你还想要命，是吧？

小三杀招： 浪漫无敌

原配拆招： 血浓于水

梅子一直在强调："他不是个花心的人。"

唐华一边递纸巾一边安抚她："我相信。"

"男人就是经不住小姑娘上赶着倒贴。他本来就心软，时间长了肯定招架不住。"似乎觉得对"外人"披露夫妻间的问题有点儿难堪，梅子总是不自觉地给老公找借口，好像这起"外遇"事件完全是由无良的小三挑起来的。

梅子一直很崇拜徐靖扬，就算现在他们已经结婚 13 年了，徐靖扬也有了外遇，她还是把他当成一个英雄一样地爱着、崇拜着。

嫁给徐靖扬的时候，梅子只有 22 岁，什么都不懂，整个世界都

170

是他。比她大 8 岁的徐靖扬，像哥哥、像父亲，也是一个完美的情人和老公。这么多年来，她任劳任怨、甜甜蜜蜜地做着小女人、好妈妈，从来都不曾想过老公在外面有女人。知道亚若的存在时，梅子才发现：这早就是一个公开的秘密了。除了自己，该知道的、不该知道的，都知道了。那句话是怎么说的？最后一个知道老公外遇的人是老婆。

梅子当场就昏过去了。她多么希望自己只是做了一场梦，梦里有一个残忍的玩笑，等到醒过来的时候，一切都回到从前。可现实不是这样。她最爱的丈夫徐靖扬在外面有一个女人，他们已经同居了 3 年，相亲相爱，甜蜜得让人嫉妒。

"你不想要我了吗？"梅子哭着问徐靖扬。

他沉默，良久才说："你想多了，我没那么想过。你和儿子都是我最亲的人，我不会丢下你们不管的。"

这些话的潜台词梅子明白：我不会不要你们，但也不会跟那边断掉。只要你愿意，我们还可以这么过下去。

梅子既绝望又无助，一遍又一遍地问为什么。徐靖扬一句话把她打入了死牢："梅子，我们已经没有爱情了，你不觉得我们现在更像亲人吗？"

是，一段平稳的婚姻不一定需要爱情来支撑，而且中国大部分的家庭也不是以爱情为基础存在下去的。所以，很多人可以理直气壮地在婚姻外寻找爱情。"我不爱你了，但你是我最重要的亲人"这句话，对任何一个女人都是一种"耻辱"。

梅子接受不了。可她无论怎么跟徐靖扬闹，他都是沉默地、有点儿不耐地忍了。就像他不打算离婚一样，他也根本没有放弃小三

的打算。在那一刻，梅子生平第一次"恨"上了老公。原来这个男人这么的自私！悲哀的是：她还是离不开他！

解决不了小三，又无法忍受这种生活，梅子都快崩溃了。她开始神经衰弱，情绪越来越糟糕，后来到了需要看心理医生的地步。朋友实在看不下去了，就以散心为名，给她介绍了一个朋友。

唐华是个很容易让人产生好感和信赖感的人。可梅子深受"家丑不可外扬"观念的影响，不太愿意跟别人说这种太隐私的事。朋友劝了很久，说倾诉是疗伤的一种手段，说出来会好受很多。梅子犯犟，说就算说出来好受，也解决不了问题，还不够丢人的。

唐华激她："丢人总比人没了强。"

梅子气得直哆嗦，忍不住跟她吵了起来：你那么有本事，老公不还是出轨了？我说了又能怎样？你能还给我一个完整的家？

唐华气定神闲，不紧不慢地说："出轨不是我可以控制的事，我能控制的是让他乖乖地回到轨道上来。"

就这样，两个人打开了话匣子。

唐华的第一个问题就很直接："你现在是想让他回家，还是想让他从此以后只爱你一个人？"

梅子有点儿犹豫："这很矛盾吗？"

"当然。你只能二选一，不可能什么都要。你必须得承认，你们一起生活了这么多年之后，爱情已经差不多被亲情取代了。它依然会有，但早就不是主流了。我还想告诉你，你不需要为这个现状难过，如果你真的不想离开一个男人，跟他成为'亲人'是非常保险的方法。因为爱情只不过'百年好合'，亲情却能'千秋万代'。他永远都摆脱不了你，这比什么都实惠。"

其实徐靖扬心里也不好受。自己与梅子是多年的夫妻，而且当年确实也真心地相爱过，现在闹到这般田地，他比任何人都难过。可他又放不下那个解语花一样的情人。

亚若曾经手抄过一首情意绵绵的诗送给他："君生我未生，我生君已老。君恨我生迟，我恨君生早……"当时她还幽幽地说："希望我们不要有这么多'恨'，可以一直一直地相爱下去。"

相爱容易，"一直一直地相爱下去"却很难。徐靖扬自认虽不是个无所不能的男人，却也能游刃有余地处理好身边的大部分事情。唯独这"三个人的游戏"让他焦头烂额。谁都不想放弃，谁都不能放弃。原来，做一个选择竟然这么难！

让徐靖扬奇怪的是，梅子"散心"回来之后真的开心了许多，不但不再揪着这件事不放，还"大度"了起来。她说："我没有别的要求了，只要你还愿意回家，我就心满意足了。"之后就真的不管不问，过回了原来的生活。

徐靖扬反倒不放心了，这不太像梅子。她这反应是认命了，还是刺激过度不正常了？因此，他比平常多留了份心思。观察了一段时间之后，却发现梅子真的没什么异常。可同时，让他更头疼的事出现了：人小鬼大的儿子不知道从哪里知道了爸爸的风流事，居然屡次要跟他进行"男人之间的谈话"。

第一次，儿子说："爸爸，你打算怎么处理我和妈妈？"

徐靖扬哭笑不得："我什么时候说过要处理你们？我们是一家人，要一起生活一辈子的。你还小，好好学习才是你的任务，大人的事不要瞎琢磨。"

儿子则深沉地说："爸爸，我会保护妈妈。妈妈说他只有我了。"

　　徐靖扬控制不住地心酸、心疼，因为他清楚地看到了儿子故作镇定的脸和微微发抖的肩膀。

　　第二次，儿子困惑地问："爸爸，为什么单亲家庭的孩子都不正常？"

　　徐靖扬大惊，继而又小心地问他："你怎么会问这个？你又不是单亲家庭的孩子……"

　　儿子很不礼貌地打断了他："马上就是了！"

　　第三次，儿子讨好地捧着试卷说："爸爸，老师今天表扬我了。"

　　徐靖扬很高兴，慷慨地说："想要什么奖励？"

　　儿子沉默了一会儿，低着头说："你能在家里陪陪我和妈妈吗？"

　　……

　　这样的事多了，徐靖扬再也忍不住了。他跟梅子商量："我们俩的事，能不能别让儿子知道？"

　　梅子呆呆地落下泪来："他听别人说了，回来问我，我只能实话实说。你不是一直想培养他担当的能力吗？所以我告诉他，要做好跟爸爸分开的准备，你以后会有自己的生活……"

　　徐靖扬火了："什么叫跟爸爸分开？哪里有什么自己的生活？我说过了，什么都不会变，我们还是一家人！"

　　梅子腾地站起来，恶狠狠地说："这只是你自己的想法，就算我愿意、你愿意，她能愿意吗？她凭什么愿意没名没分地跟你一辈子？等到她不愿意的时候，我们娘儿俩不还得让地方吗？早一天晚一天有什么区别？"

　　徐靖扬被噎住了。是的，他现在可以大享齐人之福，有家有情人。可将来呢？亚若真的愿意没名没分地跟他一辈子吗？就算她愿

意，他又怎么忍心？她还是个年轻的、鲜花一样娇嫩的姑娘啊！他
凭什么就这么消耗她的生命？难道这就是他的爱?!

亚若最终还是有了那么多"恨"：君生我未生，我生君已老。君
恨我生迟，我恨君生早。相遇得太晚，爱情就是不合理的。没有对
或不对，只有能和不能。

对徐靖扬来说，亚若很重要，她给他的"爱"很珍贵，可这一
切都不如嫡亲的儿子宝贵。让儿子健康地成长，是超越所有事情的
头等大事。他不是一个好丈夫，但他是一个好父亲。他不能为了梅
子忠诚于婚姻，却能为了儿子忍痛割爱。

梅子当时哭着对唐华说："就算他对我已经没感情了，我也不
想离开他……我现在真的不敢有别的要求了。"

唐华回答说："这好办。他不是说你们是亲人吗？那你也可以
打亲情牌，让他知道你们这些亲人比他的小女朋友重要。"

所有的爱情进行到一定程度，都会变成亲情。这没什么好沮丧
的，因为你们彼此已经有了扯不断的牵绊。而且关键时刻，这些东
西还可以反过来"挟制"他。"爱情"老了，"亲情"就是筹码。

延伸阅读

有种说法叫：与次爱的人相濡以沫，与最爱的人相望
于江湖。

如果你感觉琐碎的婚姻里盛不下过于丰盛的爱情，就
让你最爱的那个人离开你的世界吧！

婚姻里没有爱情也照样可以幸福。一对夫妻进行到左
手摸右手的地步，其实没必要感到悲哀。因为这意味着他

们已经有了另一种深刻的情感：伤了会疼，所有的情感都牵系在一起。

那些牵着手一起散步的老头儿老太太，你能说他们之间还有多么浓烈的爱情吗？他们自己都不记得了，可是，漫长的岁月中发生的那许许多多事已经让他们怎么也分不开了。

都说中国的婚姻里没有爱情，也有相关数据表明：大部分的家庭是靠亲情支撑着的，而且幸福指数也不低。没有爱情也可以幸福到老，关键词是"幸福"，而不是"爱情"。

25.他爱的是"嫖",不是"妓"

小三语录:

他说他最喜欢我身上的皮肤了,又滑又嫩,他总是摸得爱不释手,整个人都恨不得贴上去。

原配豪言:

他喜欢"嫖"是没错,可对"妓"就缺乏情感了。你和别人都一样,谁都行,没什么特殊的。

小三杀招: 挑拨离间

原配拆招: 心如止水

老公召伟和蜜蜜的事已经到了无人不知、无人不晓的地步,每当街坊邻居、同事朋友问起傅棠为什么不生气、不理会,傅棠从来只是笑笑,什么也不说。

不能说她"冷血",傅棠是真的想开了:男人嘛,爱玩就得放开了让他去玩。玩够了、起腻了、看明白了,自然就会回家。反正逼也没有用,他也不见得听话,还不如索性放羊吃草,给他一个"做坏事"的空间。只要他还记得有个家,还愿意对老婆孩子负责就行。

可是,她这么想,别人却不这么想。比如,她的"情敌"蜜蜜小姐。

177

　　两人确实是巧遇，在一个朋友的儿子的婚礼上碰上了。傅棠没想答理她，准备当做陌生人擦肩而过。可蜜蜜却主动拉住她，顾盼生姿地跟她东扯西聊。说着说着，就自然而然地扯到了召伟身上。

　　蜜蜜甜蜜又娇羞地说："他说他最喜欢我身上的皮肤了，又滑又嫩，他总是摸得爱不释手，整个人都恨不得贴上去。"

　　傅棠顿时就起了一身鸡皮疙瘩：这大小姐以为是在跟她的闺蜜倾诉情感故事吗？怎么说得如此理所应当且坦然？不过，她没生气，只是淡淡地应了一句："哦。"

　　这下，蜜蜜不满意了——这反应未免太不正常了吧？"正常"的不是应该生气撒泼吗？她又再加了点儿猛料："你肚子上的肉都好几层了，也不减减？会影响他的性致的。"

　　傅棠没法再保持沉默了。她凑到蜜蜜耳边笑着低声说："你负责性致就好了，他找你不就为这个吗？我们分工不同，你管暖床，我管持家。"

　　蜜蜜气得满脸通红，指着傅棠说不出话来。傅棠还觉得不过瘾，又加了一句："他喜欢'嫖'是没错，可对'妓'就缺乏情感了。你和别人都一样，谁都行，没什么特殊的。"

　　傅棠相信，蜜蜜一定会跟召伟告状，而且还会添油加醋，极尽恶毒丑化之能事。

　　果然，召伟回到家之后，半开玩笑地说："你别跟她一般见识啊！吓唬她干什么？这不是降低你的身份吗？我也警告过她了，不会再找你生事。"

　　傅棠觉得好笑：你这是在替你的小妾教训我吗？我当"大房"的都没有资格管教她吗？

"我跟她一般见识有什么用？你的心在你自己肚子里，想放哪儿，你自己说了算！我可没那么大本事替你做主。"傅裳一边说一边帮他挂好大衣。

召伟被逗乐了："哎，你这个人还真奇怪。要换了别人，早打起来了。你怎么就一点反应都没有？连问都不问？"

傅棠一边给他端来牛奶和早就煎好的荷包蛋，一边不在意地说："还是那句话，你要是铁了心跟别人好，我问也没用，搞不好越打越僵。我何苦找这些气受？反正你照常回家，赚了钱也照常给我，老人孩子都没亏待了，该你干的事你都干了，我还跟你叽歪什么？有些事不服又不行，我现在这模样能跟人家比吗？所以啊，你别把身体折腾坏了，记得回家，我就不会找你麻烦。"

这番言论让召伟觉得很新奇。结婚这么多年了，他还是第一次发现自己的老婆居然如此"与众不同"！看来真是走了眼啊！这样的一个人，怎么可能去找小三的麻烦？多半是那边自己生出来的事吧？

尽管如此，召伟也没有跟蜜蜜分手的打算。正如她自己说的：那皮肤，那身材，那"骚劲"，确实是一般人比不了的。反正老婆又不介意，养着她又何妨？

这一妻一妾的生活本来是很滋润的，召伟身边的朋友没有不"羡慕"的。如果不是召伟的母亲出了事，蜜蜜可能"坚守"得更长久一点。坏就坏在召伟是个孝子，而母亲出事时召伟之所以不在身边，正是因为受了蜜蜜的撺掇。

蜜蜜一直想去趟马尔代夫，闹了很久之后，召伟终于答应了。傅棠没有异议："行啊，去吧，人家跟了你这么久，怎么着也得给点儿好处。这点儿心愿你就成全了吧！家里有我呢，你什么都不用

操心。"

这下，召伟倒真不好意思了，自发地对傅棠许了许多承诺。傅棠却不太感兴趣："我是你老婆，你的就是我的，我抠你的东西干什么？将来还不全是咱儿子的？左兜放到右兜，我图个什么呀？还不够麻烦的。"

召伟真是越来越琢磨不透自己这个老婆了：是不在乎他，还是当真大度至此？

召伟带着蜜蜜去了马尔代夫，玩得不亦乐乎。就在这几天里，召伟的母亲出去遛弯儿的时候被一个玩滑板的小孩给撞倒了。送到医院一查：粉碎性骨折。

保姆吓得直哭，小脸黄黄的，话都说不完整了。傅棠先安抚老太太，再安抚保姆，又处理赔偿问题，把所有的事都担了下来。

其实召伟还有一个姐姐，可是远嫁到吉林去了，而且又赶上孩子考试，抽不开身。这伺候病号的事就全落到了傅棠身上。虽然有保姆帮忙，但到底不如自己的亲人。上了岁数的老太太有病有灾的时候，还是希望有个亲人在身边。傅棠尽心尽力地照顾着，没有半句怨言，真把婆婆当成亲妈一样伺候。

老太太也不糊涂，追问儿子去了哪里。傅棠骗她说召伟出差了，怕他担心没敢告诉他。

儿子跟蜜蜜的事，老太太也不是一点儿风声都没听到，也说过他好几次，要他注意傅棠的感受。后来看儿子媳妇还是处得其乐融融，一点都没受影响，也就睁只眼闭只眼了。现在这节骨眼上，如果召伟是为了跟蜜蜜鬼混而不出现，可就犯了她的大忌了。

在老太太的再三盘问下，傅棠"没办法"，只能吞吞吐吐地说了实话。老太太气得血压都上去了，"逼"着儿媳给儿子打电话。

召伟十万火急地回来时，看到病床上的母亲和憔悴的妻子，既愧疚又难过，觉得自己特别失职。

老太太劈头盖脸骂了他一顿，说得特别严重。一半是给儿媳出气，一半是真的不高兴，把召伟骂得直告饶。

从那天开始，召伟开始和傅棠轮流照顾母亲，不是在公司，就是在医院，根本抽不出时间去见蜜蜜。

蜜蜜不习惯，也不放心，就怕傅棠趁着这"非常时期"耍阴招抢走召伟，因而频繁地给他打电话，说的无非就是想他了、想见他了。召伟拗不住，就去见了她一次。结果，一见面两人就吵翻了。因为蜜蜜急怒之下说了一句话："你妈又没死，用得着天天去尽孝当孝子吗?"

召伟马上就翻脸了，并且坚决地跟她划清界限。不管她后来如何哭求道歉，都不为所动。

傅棠把自己这段切身经历发到了网上，招来网友的一致叫好。

唐华给傅棠留言："小三最怕你这样的原配，而老公们也就拿你这样的老婆没办法。"

延伸阅读

中国有句古话：妻不如妾，妾不如偷，偷不如偷不着。

这种奇特的逻辑就导致了许多风流韵事的产生。比如《鹿鼎记》里的韦小宝，左拥右抱一共找了七个老婆，最爱的是阿珂，最可心的是双儿。

为什么最爱阿珂呢?

不仅因为阿珂漂亮，重要的是阿珂让韦小宝碰了无数钉子。向来对女人手到擒来的韦小宝就怎么也放不下、惦记上了，总想千方百计把她偷来。尽管当时阿珂已经心有所属，连拿正眼瞧他都觉得浪费时间。可这并不妨碍韦小宝的"偷人"计划：想方设法讨阿珂师傅的欢心，让郑公子出丑，无时无刻不黏着阿珂。阿珂越抗拒，他反而越喜欢。

说他犯贱也好，真爱也罢，这里面总是有一个"偷不着"的因素在作祟。如果阿珂跟别人一样，费不了多少工夫就半推半就了，韦小宝还会那么喜欢阿珂吗？不见得。

"嫖"才是最大的彩头，"妓"只是附属的快乐。常"嫖"，却不一定会固定地选择一个"妓"。要的只是那份快感，对事不对人。

26.他缺爱，我缺德

小三语录：

> 他只是一个缺爱的男人，我想要给他很多很多爱，让他别那么寂寞。

原配豪言：

> 他缺爱，我缺德，不会让你如愿的，你还是趁早死心算了。

小三杀招：慷慨施爱

原配拆招："黑心"到底

"别人都找年轻漂亮的，他怎么就找了这么一个人？除了穿得艳点儿，什么都不占，说出去也没面子啊!"李爱费解地跟秦襄说道。

秦襄笑着说："不一定年轻漂亮才能当小三。男人找女人，肯定是什么地方看对眼了。你老公既然选了她，就不是图脸蛋好看、身材火辣，肯定是被哪里打动了、对路子了。"

还真让她给说对了。老冯看上张嘉丽，就是因为她善解人意，跟她在一起没有压力。

说起来，张嘉丽也挺不容易的。老公前年出车祸去世了，婆家又欺负她，逼着她把房子"还给"他们。不管她用了什么方法，毕竟都一个人顶下来了。当时李爱还非常同情她，同是女人，又是同

183

事，因此很愿意帮忙。后来也确实帮过她一些不大不小的忙，照这么算起来，两家还有点交情。就因为这个，让李爱尤其生气："我不图你报答，至少你也别撬我老公吧？你现在又有求于人，求的也是我，找他'潜规则'有什么用？"

一说起这个李爱就来气。说完了张嘉丽说老冯，说这两人如何忘恩负义、如何不要脸，仿佛重复一万遍都不解气。

说句公道话，李爱对老冯确实是掏心掏肺的。她从小受母亲影响，一直坚定不移地相信"夫荣妻贵"的说法，关键时刻，宁愿"牺牲"自己，也得成全老冯。他们在同一个事业单位上班，多亏李爱的父亲找关系才让老冯当上了副主任，现在又在帮他"活动"转正主任的事。李爱是真心觉得自己"应该"这么做——谁让他是自己的男人呢？

而且，李爱对老冯的家人也算仁至义尽了。比如，那年老冯老家的弟弟盖新房缺钱，李爱二话不说就送了3万块过去。还有一次，婆婆心脏病要做手术，也是她出钱出力照看着。那段时间，李爱跑前跑后，操心受累，瘦了将近20斤。

她没有功劳也有苦劳吧？有付出就想要回报，这是人之常情。李爱觉得：老冯就算没有"报答"她的打算，也不应该对不起她。做人要有良心。

可现在，老冯就用这种方式"否决"了她。不但不知悔改，还大言不惭地说："她脾气比你好，你得承认吧？"

原来这才是现实。他只是想要一个脾气好的女人，而不是一个可以帮助他、对他好、真心实意为他打算的妻子！

李爱恨得咬牙切齿。

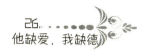

秦襄问道："你脾气很不好吗？"

李爱不承认："两口子过日子，肯定有产生摩擦的时候。他非得跟我较真，我有什么办法？"

其实，李爱最"对不起"老冯的地方就是她太爱"攀比"。她倒不是跟人家比吃比穿，是常常拿别的男人的成就来"刺激"老冯。偏偏老冯又是个经不得"激"的性子，吃软不吃硬，很反感这套。

老冯和张嘉丽"出事"的那天晚上，就是受了李爱的"刺激"。

那天是老冯领薪水的日子。李爱一边拿着计算器算这个月的开销，一边唉声叹气："老张家换大房子了，就在市政府后面，刚开发的那片小区。小区环境是真不错，四室两厅，装修得也好。唉，我看我是没那个命了。"

老冯一听她说这些就头疼，不高兴地说："现在这房子还不够你住的？就三口人，三室一厅的房子还住不下了？"

李爱回说："谁不喜欢大房子？住得下就得安于现状？你倒是跟人老张学学！你们俩可是从一个单位出来的。你看看，现在你什么样，他什么样？"

"你有完没完啊？"李爱还没说完就被老冯打断了，"他那么好，你怎么不去跟他过？我就这些本事了，爱过不过！"

"你这说的是人话吗？我不过是随便说说，你爱听就听，不听拉倒，急赤白脸地干什么？"李爱也恼了，觉得老冯听不懂好赖话。都40多岁了，还不知道"上进"，再不努力可就爬不上去了！

可老冯永远都不懂她的苦心，这次也不例外。不但不领情，还气冲冲地摔门而去。

李爱挺寒心的：我这都是为了谁？

闪开，
别动我的男人

　　老冯出了门之后，在小区里溜达了一阵子，气没了，也不想回家，却不知道该到哪里去。这时候，恰好张嘉丽出来倒垃圾。一听说老冯跟李爱吵架被轰出来了，张嘉丽便热情地邀请他到家里坐坐。

　　这一坐，就出事了。张嘉丽当了一个最温柔、最善解人意的好听众，老冯则扮演了一个饱受妻子精神压迫的可怜人。一个说得沉痛无比，一个听得心疼无比。再加上都喝了点儿红酒，不太清醒，"气氛"到的时候，两个人就抱着滚到了床上。

　　第二天早上，老冯是被手机吵醒的。李爱在家等到大半夜，就迷迷糊糊地睡着了。早上醒来一看，人还没回来，就慌了，赶紧给他打电话。

　　睁开眼的时候，老冯还有点儿混乱，以为自己是躺在自家的床上。结果一回头，却发现身边的女人不是老婆。这下马上就清醒了。

　　老冯谎称自己睡在了宾馆，李爱也没怀疑，压根儿就想不到老冯睡在了别的女人床上。

　　这事发生以后，老冯和张嘉丽的关系就发生了微妙的变化。两个人越看越顺眼，越看越喜欢，自然而然地搞在了一起。

　　李爱是在不经意间"捉奸"的。

　　有一天，她因为感冒请假在家休息。临近中午时，她觉得好得差不多了。反正在家闲着也没事，还不如回去上班。刚到单位门口，就看到老冯和张嘉丽一前一后、鬼鬼祟祟地出来了。李爱觉得奇怪，就没吱声，悄悄地跟在他们后面一探究竟。

　　结果，就发现这两人相约到了单位附近的一家宾馆。到这时候，李爱再傻也知道怎么回事了。

　　她最佩服自己的是：她居然没有冲进去捉奸在床，然后再顺便

186

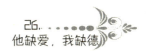

大吵大闹，搞臭张嘉丽。

虽然生气、伤心，李爱却还是保留着最后一丝理智，不想让老冯也难堪。因此，她只是掏出手机给老冯打电话："你们赶快出来，我就在宾馆门口。"

5分钟后，老冯和张嘉丽慌慌张张地出来了。

李爱面沉似水，眼神像锥子一样。手指轻轻一按，两人的"罪证"就留在了她的手机里。

目前这种情况，李爱是不可能再有心情上班了。因此，她干脆带着他们俩去了一家茶楼，审讯加逼供。

张嘉丽说："他只是一个缺爱的男人，我想要给他很多很多的爱，让他别那么寂寞。"

在此之前，李爱一直忍着没发火，一听到这话马上就爆炸了，指着张嘉丽的鼻子一顿臭骂。最后，她扔下一句："他缺爱，我缺德，不会让你如愿的，你还是趁早死心算了。"然后扬长而去。

李爱说到这里，已经捂住脸哭起来。她抽抽搭搭地说："我真想揍她，把她的头发都拔光了，撕破她的脸。"

秦襄一边给她递纸巾，一边问她："你真准备那么做？"

李爱咬着牙说："不那么做我不解恨！"

"好吧，我倒不反对你这么做。不过，我建议你稍微改变一下'激励'老冯的方式方法。我感觉他不是很喜欢，而且很明显，你也没有收到成效。要不然，你这次处理了张嘉丽，后面还可能会有李嘉丽、王嘉丽，你防不胜防。"

"以后的事以后再说，现在得先把她解决了。"李爱现在满脑子只有这件事。

第二天，老冯和张嘉丽分别收到了一封邮件。

老冯的邮件只有一句话，内容为：你的正主任还想不想转？你自己看着办。

张嘉丽的邮件内容为：听说你想让你儿子读市重点初中？他能不能上就看你怎么办了！

老冯不可能为了"爱情"视名利如粪土，张嘉丽也不会为了老冯影响儿子的前途。所以，他们接受了李爱的"威胁"，平静地分手了。而且，为了表示自己的诚意，张嘉丽还火速谈了一个男朋友。

延伸阅读

自古以来，所有的宫斗都是血淋淋的。成功站到峰顶的女人，都是沾着别人的血爬上去的。《金枝欲孽》里的皇后和如妃，《宫心计》里的姚金铃，《美人心计》里的慎儿，都是此中的翘楚。

没办法，皇帝永远都处在一种"缺爱"的状态中。为了能一直留在他身边享受荣华富贵，他的女人们就只能缺德了。

想办法让自己出风头、陷害对手……目的只有一个，就是吸引皇帝老爷的注意。他的目光落在谁身上，就意味着谁会有无上的荣宠和地位。可是那个位子，又不是终身制。为了得到和守卫，只能不停地争斗、抢夺。

想要打跑企图抢班夺权的小三，就得秉持着缺德的精神，无畏的黑心到底。打小三，也需要营造一个气场，让她畏惧、害怕。打的不是小三的脸，是她的心理。

27.我比你更有资格鱼死网破

小三语录：

　　反正我就是要跟他在一起，大不了就鱼死网破！

原配豪言：

　　就凭你？想拿这些破照片搞臭他？也不想想，真让满大街的人看了谁更丢人！又没抓住多要命的短处，还跳出来想鱼死网破？你有这资格吗？

小三杀招：同归于尽

原配拆招：鱼死网不破

　　这是韩婕第二次被老公的情人找上门了。

　　第一次还是在 10 年前。那时候，韩婕和欧阳俊杰不过才结婚两年。有一天，一个年轻的女孩突然找到她，声泪俱下地说她爱上了自己的老师，也就是欧阳俊杰。当时韩婕接受不了，跟欧阳提出了离婚，因为她无法忍受自己想象中完美无缺的婚姻居然存在瑕疵！

　　韩婕和欧阳都是搞艺术出身，共同的志向让他们走到了一起。欧阳追求韩婕的时候，曾对她说：我不敢承诺很多的物质，我只能承诺全部的爱。如果有一天我不得不放弃你，一定不是因为我不爱你了，而是因为你身边出现了更爱你的人。

189

所以，韩婕无法原谅他的背叛：言犹在耳，忠岂忘心？

追求完美的韩婕宁愿放弃这份婚姻，而欧阳则死活不同意。他说那个女学生只是单方面地暗恋他，因为求爱不成就恼羞成怒，才使出了这样的烂招。他心里只有韩婕一个。不断地道歉发誓保证之后，韩婕最终相信了他，跟他回家，并且"处理"了那个女学生。

如果说那次的事证据不足的话，那这次就可以说是罪证确凿了。自从陈先生用一组组照片宣告了"激情这样玩才刺激"，许多人就盯上了这种"渠道"。有的人是为了出名，有的人则为了讹诈。而姬儿明显属于后者。跟大部分人不同的是：她讹诈的是婚姻。

姬儿手里的照片和视频再清晰不过。那个同床共枕了十几年的男人，韩婕是不会认错的。跟10年前那个女学生不同，姬儿目标清晰、决心坚定，誓要将欧阳抢到手。她说："要么是你放开他，要么就是我把这些东西昭告天下。反正我就是要跟他在一起，大不了就鱼死网破！"

韩婕感觉头上的血管突突直跳，胸口憋得难受：欧阳，看来你真的已经彻底忘了你的誓言。既然如此，我们还有必要继续下去吗？我不希望我未来的人生里总是面临这样的难堪！

但是，唯一要顾虑的是：他们的女儿刚上小学，可能还不能很好地"消化"这个消息。

万分纠结的韩婕去找好友楚悦诉苦："你们不是弄了一个反三同盟吗？现在给我出出主意，帮我分析一下该不该离！"

楚悦笑着说："这种事哪有该不该的？得看你想不想吧？"

韩婕疲惫地说："我最烦那种什么'为了孩子无论如何也不能离婚'的说法。明明过不下去还死撑着过，才是最不负责任的做法。

可现在的问题是，孩子确实不太能接受……我不知道该怎么跟她说才能把伤害降到最低。"

楚悦安慰她说："现在还不到那一步，考虑这个太早了。要我说，那位姬儿小姐真不够聪明。这种事公开了的话，谁更难看？她这分明就是在毁自己。你为这种人发狠可真不值得。"

被楚悦劝慰了一番之后，韩婕总算是心里舒服了一点儿，也不那么钻牛角尖了。婚姻或许不是爱情的最佳收容站。所有俗世的男女从步入婚姻的那天起，就已经同时放弃了享受不沾人间烟火气息的爱情的权利。童话总是在牵手的那一瞬间结束，因为从此以后，王子和公主也要过上跟普通人一样的生活。而在这种生活里，争吵和冲突又是必然会有的。王子再有修养也有可能便秘，公主再有气质也会放屁，这就是生活的本来面貌。所以，如果你够聪明，就不要去奢求所谓完美的婚姻。绝对的忠诚或许会有，但你不一定能遇上。难道你要为了这个心愿推翻你现在的一切重新来过吗？

韩婕回到家，心平气和地跟欧阳说："那姑娘，你可能真玩不起。她现在正拿着你们的激情视频威胁我下台呢！我呢，当回下堂妻也不是不可以，反正现在我已经对这个位子没多少兴趣了。该担心的是你，万一她真给曝光了，您欧阳教授的名声可就毁于一旦了。"

"她敢！"欧阳被这一连串的消息惊呆了。一激动，把画架都给掀了。

韩婕冷冷地看着他，不为所动，像是在看一场笑话："她为什么不敢？人家豁得出去！不像您，做着流氓的行径还得披上绅士的外衣，装大尾巴狼没您装得这么像的！不过您放心，只要我答应她

191

的条件跟您离婚，那些东西就不会流出去。你们从此以后也能过上双宿双飞、神仙眷侣般的生活。不过，麻烦您定情的时候换段誓言，别拿旧人的东西去糊弄新人，这样挺不尊重人的。"

被韩婕这么连讽带刺地挖苦了一番，欧阳受不住了，连连道歉认错，并且保证绝对不会屈服于姬儿的威胁。

"不用了，你欧阳教授的保证还是献给你的学生吧！我承受不起！你到底有没有动真感情我不感兴趣，我只是不想让我女儿上学的时候被指指点点。现在，请你一五一十地说出实情，一个字都不能隐瞒！"

原来，姬儿是个半红不黑的网络歌手。唱了几首歌曲，但绝对算不上火，知道她的人不太多。她在一个饭局上认识了欧阳，并且被起哄做了欧阳当晚的"女朋友"。姬儿本来也不认识欧阳，看到他被那么多人"抬"着，就动了心思。后来再一打听，发现他在影视圈有一定的人脉，跟不少导演、制片人是朋友，就更加感兴趣了。

做梦都想红的姬儿不想放弃任何一个机会，就黏上了欧阳，满心希望能靠上这棵大树好平步青云。于是，她使尽百般手段诱惑、勾引欧阳。本来就意志不坚的欧阳教授象征性地拒绝了几次之后，就"半推半就"地跟她发生了关系。自此以后，两个人就成了"男女朋友"，肉体交流得频繁且愉悦，至今已经持续了一年左右的时间。

在身体和精神都很"热"的时候，欧阳曾经许诺过姬儿要离婚来娶她。可是，眼看又一年开始了，姬儿却还没如愿坐上欧阳太太的位子。自觉"放长线"已经够久的姬儿忍不住了：她都已经被欧阳"白睡"了那么久，他总得付点儿"嫖资"吧？"仰慕"才华只是个借口，想要套上"关系"才是事实。

于是，姬儿就找到了韩婕，想为自己讨一个公道。

欧阳做梦也想不到姬儿会偷录了视频，不由地在心里又给早就倒霉透顶的陈先生算上了一笔：你做什么不好？怎么就引导了这么一股潮流？

但现在他没有时间抱怨，解决问题才是当务之急。他对老婆表示：他跟姬儿只是逢场作戏，没有对她付出真情，在他心里，只有老婆和女儿才是宝贝。

韩婕不理会他的"表白"，像个生意人一样跟他"探讨"起解决问题的方法。两人商讨之后，最终达成了共识。

第二天，韩婕找到姬儿，措辞强硬地拒绝了她的"威胁"，说他们夫妻俩的婚姻没有任何问题，绝不接受心术不正的人的威胁，你想发给媒体，请便！还嘲讽地说："就凭你？想拿这些破照片搞臭他？也不想想，真让满大街的人看到了谁更丢人！又没抓住多要命的短处，还跳出来想鱼死网破？你有这资格吗？"

姬儿想不到是这个结果，当然不能接受。可先后交涉了几次之后，韩婕的态度一直很强硬，丝毫没有回转的余地，最大的让步就是给点钱，但所有的视频你得交出来——免得你再拿出去败坏他的名声。

姬儿没想到韩婕这么不好对付！思前想后，最后还是决定咬牙豁出去按原计划进行。姬儿也不是没考虑过韩婕的话：如果这些东西发出去，最难看的真有可能是她。可现在不是越臭越红吗？最近还有一个模特因为"某某门"而火了呢！

没多久，网民们就在各大门户网站上看到了这些激情视频和图

片。欧阳教授和姬儿都成了话题。

韩婕对着镜头坚定地力挺老公："他当时被人下了药，回家之后马上跟我说了。在此之前我也跟姬儿小姐交涉过好几次，但她要的价太高，我们满足不了她，她才使出了这招。我们已经启动了法律程序，一定要讨回公道。至于我跟欧阳教授的婚姻，谢谢大家关心，我们生活得很美满，感情没有任何问题。"

欧阳也是这样的说辞，他无奈而气愤地说："真想不到她会做出这样的事！既然这样，我们只能用法律手段解决了！"

这时候，欧阳的人脉发挥了作用。姬儿的真面目被一步步地揭发出来——想红想疯了的心机女！

在公众和媒体的舆论压力下，姬儿俨然像只丧家之犬，每次出门都要全副武装：口罩、帽子、墨镜，就怕别人认出来。欧阳也跟她撕破了脸，一点儿都不念旧情。事业上更不用说，几乎全毁了，倒是不少人找她去拍三级片。

而韩婕那边，虽然"胜利"了，却没有丝毫的成就感。她鄙视地对欧阳说："一日夫妻百日恩，你们还不止百日吧？你都能下这样的狠手！作为一个男人，你真是够无耻的。"

自此以后，欧阳彻底走下了"神坛"，在韩婕眼里变成了一个普通而无情的人。可这不是"重点"，重点是：她依然有一个"完整"的家。

延伸阅读

2010年9月8日，一起新鲜的"捉奸门"出炉了。

事后，一对奸夫淫妇都被网友"人肉"出来。有人评价说，这是中国首例"微博直播婚外情"事件。

男人在事后声称小三是"神赐给我的礼物，是我用半生时间寻找到的最爱"，还说："如果她愿意给我机会，我会给她最完整的幸福。"

这就是他们自己的事了，跟我们无关。我们现在要说的是：如果这条微博是小三来"直播"的，结果会怎样？

被小三伤害了的原配，永远可以理直气壮地扯破脸皮、"鱼死网破"，并且寻求帮助。小三就不行。因为她们在这场战争中不占理，师出无名。不管爱情多伟大，让别人抵押痛苦为自己埋单，都是不道德的行为。

而反之，原配却是被同情、被保护的。

29.悍妇才是王道

小三语录：

> 你就是一个泼妇！我是男人也不要你！

原配豪言：

> 他这种贱脾气，就喜欢三天一小打、五天一大打，一伺候舒服了他
> 就浑身难受。你都骑到我脖子上欺负我了，我还装什么贤惠？我人老珠
> 黄了就活该被你欺负？

小三杀招：善解人意

原配拆招：适度施虐

这对夫妻，有点儿像《婚姻保卫战》中兰心和许小宁的模式：男主内，女主外，完全"颠覆"了传统的分工。

其实，许梦也不是成心想让老公"吃软饭"。几年前，她在朋友的公司帮忙，做得很愉快。而李小凡呢，也在广告公司做得顺风顺水、很有前景。没想到，朋友后来移民了，公司怎么办？朋友就说了：反正你也熟，我的资源你都能用上，还不如你接手算了！

许梦也动了心，回家跟李小凡商量。李小凡不是个小心眼的男人，很支持老婆发展事业。当即就说："你想接过来我是没意见，我主要是怕你累着。那么一大摊子事都是你来管，你能行吗？"许梦

不服气，见老公也没有意见，就真的接手了。

公司的事要忙，家里的事要管，孩子也得有人照看，小夫妻俩本来优哉游哉的生活彻底被打乱了。没办法，李小凡只能本着做一个好男人的原则，接手了"齐家"大业。他是位设计师，工作地点本来就灵活，不需要天天在公司坐班。于是，他就顺势当起了SOHO一族，在家办公兼照顾家庭。他本来以为这只是暂时的，将来还有他大展宏图的时候。没想到，许梦的野心是见风就涨。做到百万想千万，做到千万又想奔亿，简直是永无止境！

李小凡不是没有抗议过。可一来许梦连撒娇带威胁，二来他也确实被这种安逸的生活给腐蚀了。于是，每次的抗议活动都是雷声大、雨点小，马上就被许梦给扑灭了。

到了现在，李小凡已经破罐子破摔，准备吃一辈子的软饭了。可他虽然这么想，却不代表他就彻底没情绪了。特别是他在超市里推着购物车跟一堆中年妇女挤着买东西的时候，就尤为烦躁。这是他一个大男人该干的事吗？就连儿子也天真地说："别的小朋友都是妈妈或者爷爷奶奶、姥姥姥爷来接，只有我是爸爸来接。"

一来二去，李小凡就染上了喝闷酒的恶习。逢喝必醉，逢醉必哭。许梦是个典型的刀子嘴豆腐心，看老公这样也很难过。好几次都跟他商量：要不咱请个保姆，你该干吗就干吗去！

李小凡一醒酒就清醒了，说他没事，这样挺好的，保姆不能代替父母，咱们得给孩子一个健康的成长环境。于是，他们夫妻俩的模式就渐渐确定了。

许梦一个人操持那么大一个公司，压力很大，脾气变得越来越不好，经常带着情绪回家。每到这时候，李小凡就得当出气筒，让

她发泄。就算是平时，也得好吃好喝好脾气伺候着，稍有不如意，就得挨削。当然，许梦虽然"彪悍"，却是真心对李小凡好。所以，他们俩这日子，除了偶尔的震荡之外，基本上还算和谐。

抓到李小凡出轨的那一瞬间，许梦脑子一片空白。她不能相信自己的好老公居然会找上别人！难道他向天借了胆？而且小三还不是别人，正是自己的助理袁艳华！兔子还不吃窝边草，他李小凡不但吃了，还吃得如此明目张胆！当她是死人吗？

许梦自认不是慈善人士，吃了亏还得自己花大价钱养着小三，这种缺心眼的事她可不干！于是，她当即就炒了袁艳华，并且逼着她写了一份保证书：如果再跟李小凡纠缠不清，许梦就断了她在这个圈子里的后路！

袁艳华本指望李小凡很"男人"地给自己出头，就算不能改变当前这个事实，起码心里能好受一点儿。可李小凡却只是窝在一边，一声都不敢吭。袁艳华知道许梦在工作上很彪悍，可她私底下怎么跟李小凡相处却没有机会见到。现在终于见识到了，真是大开眼界：太女王了！

李小凡也没好日子过，连"打"带骂，还被赶到了客房去睡。酒不准喝了，零花钱缩减了一半，刚买的 ipad 也被没收了，总之就是过得很凄惨。在这种"高压"政策下，李小凡更加反弹了。本来就对许梦搅了自己的好事心存不满，现在又被逼成这样，这日子还能过吗？

因此，没过多久，李小凡又偷偷地跟袁艳华勾搭在一起了。所以说，"偷情"这种行为是防不住的。再精明的老婆，也改变不了老公想要偷情的决心。

而许梦那边也不好过。她无法释怀老公的出轨，又不可能因为这事就跟他离婚，既憋气又苦闷，无处排解之下，就天天泡在论坛上，专门研究别人的感情问题。有一天，实在憋得难受，就把自己的事也发了上去。

没多久，就有人跟帖了。版主的一条回复让她感触很大："一个女人总要适度地彪悍，这会激起男人更多的征服欲。对小三下手狠是必要的，密切防控也是应该的，但如果力度拿捏不准，会适得其反。'野蛮'是门艺术，需要情趣来辅助。拳打脚踢、破口大骂只能叫做彪悍，加点儿情趣调剂才叫艺术！"

许梦就跟版主、网友们在线交流了起来，相互交换了不少意见，并且帮许梦制订了"攻略"。

其实，李小凡很好"哄"，能搔到他的痒处、给他点儿甜头就好了。许梦回去之后就给李小凡解禁了，但是有言在先："之前是我忽略你，对你太凶了，你在别人身上找安慰，我就不跟你计较了。咱们都有错，谁也别再怪谁了。不过，从现在开始，你得一心一意地对我，要不然，老娘更狠的招都能使出来。那个谁，柳月红，就是我的榜样。"

李小凡同意，但也没高呼万岁，看起来还是有点郁闷。从那天起，好戏上演了。

当初李小凡追许梦，其实很大程度上是受了《我的野蛮女友》的影响。后来《河东狮吼》上映，柳月红又成了他的心头好。不能说李小凡有受虐倾向，很多人都觉得野蛮型的女朋友更刺激、更有活力、更有挑战性。你想啊：把这么一个野蛮任性的女人给征服了，欣赏她柔情似水、小鸟依人的模样，那得多满足、多陶醉啊！

恋爱和刚结婚的时候，许梦的确这样，把李小凡美得直冒泡。后来自己接手做公司的时候，繁重的工作压力就生生把她"摧残"成了一个只野蛮、不温柔的"悍妇"。李小凡既怀念又愤恨，在情感和生活双重失意的情况下，就有了小三。

可现在呢，许梦又像是变回来了：不满意的时候会揪着耳朵施点小暴力，高兴了也能腻腻歪歪地撒娇。前一刻她还在皱着眉头怪你炒菜炒咸了，下一刻却又窝在你怀里高高兴兴地看电视剧。李小凡既甜蜜又"痛苦"，感觉像是回到了从前。

后来有一次，李小凡和袁艳华约会的时候被许梦碰上了。因为地方比较隐蔽，许梦就没客气，痛快地赏了李小凡一个"爆炒栗子"，接着就对袁艳华说："是你自己不守约，就别怪我不客气了！"

袁艳华恼了，大声说："你就是个泼妇！我是男人也不要你！"

许梦不怒反笑，勾着李小凡的脖子娇媚地说："他这种贱脾气，就喜欢三天一小打、五天一大打，一伺候舒服了他就浑身难受。你都骑到我脖子上欺负我了，我还装什么贤惠？我人老珠黄了就活该被你欺负？门在那边，你慢走。"说完，还狠狠地亲了李小凡一口，挑衅地看着袁艳华，直到她恨恨地离开。

不用说，李小凡回家之后又被收拾了一顿。不过，看在他是去"断交"的份儿上，许梦就没难为他，但却缠着他问是不是特烦她这么彪悍。

李小凡嘿嘿直乐："还好吧，不烦，能承受！我这媳妇吧，虽然彪悍了点，但再彪悍也是实心实意地对我好。我喝多了你照顾我，我半夜饿了你给我做消夜，我冷了热了你给我添减衣服，我没有设计思路了你开导我……我啊，是痛并快乐着！"

延伸阅读

太太出门要跟从，太太的命令要服从，太太说错了要盲从；太太化妆要等得，太太生日要记得，太太打骂要忍得，太太花钱要舍得。

据说这"新三从四德"是大学者胡适创立的。

胡适虽是有名的学者，却也是家有"悍妇"：老婆江冬秀又矮又胖还没文化，从哪里看都跟他差一大截。后来胡适遇到知识青年曹诚英女士，一时动摇，想跟老婆江冬秀离婚，结果，老婆拿起刀就要杀两个儿子。多年后说起此事，老婆依旧是气犹未平，拿起一把裁纸刀就向胡适掷去。

不要以为悍妇就那么好当。每一门学问都是要讲究艺术的。大凡悍妇当得成功者，都有几招必杀技。

悍妇之彪悍，应对事不对人。如果不分场合、不问因由就随时随地发飙，那未免太低级。所以，察言观色、随机应变的基本技能要有，还得直中要害，并且把握好尺度。

关键时刻，要有壮士断腕的勇气。反正已经被逼到绝境上了，还有什么好顾忌的？该出手时就出手，等你犹豫完了，搞不好小三已经登堂入室了。

当然，悍妇虽悍，老公犹能容忍，肯定不是被暴力征服的。她们虽然脾气不好，但对老公、孩子和家庭却绝对是一心一意。只要一家人和和美美地过下去，她们不会引爆体内的彪悍因子。人不犯我，我不犯人，悍妇也要有"职业道德"。

29.男人更需要安全感

小三语录：

　　我年轻漂亮更有情调，带我出来应酬更有面子，有脑子的男人都会选择我。

原配豪言：

　　你年轻漂亮有什么了不起？也就是能跟着出去应酬一下，除了这个，你什么也别想！男人又不会只娶一张脸，他也没你想象的那么伟大，他比你更需要安全感。就你这小模样，他能放心吗？

小三杀招：让男人有面子

原配拆招：让男人放心

　　蒋晓梅又打电话来闲聊。说完老李说乐乐，说完乐乐又说老李，好像除了这两个人她再没有别的乐趣。

　　唐华听得直打哈欠。要不是看在从小一起长大的份儿上，她真想挂断电话。可这个女人的唠叨和执著是出了名的，你敢挂断，她就敢不停地打过来，直到你投降了为止。

　　唐华第 N 次邀请她："明天你跟我去打球吧！你老公不在家，乐乐上补习班，你一个人在家多无聊？陪我打会儿球，然后去接乐乐，OK？"

没想到，这次蒋晓梅犹豫地说："我不会，不太好吧？"

唐华倒觉得奇怪了："这不是问题，我可以教你。不过，你怎么有这个勇气去了？"

原来，蒋晓梅前两天刚被老公刺激过。

那天，他说下午约了人去打球，蒋晓梅就在那儿嘟囔："有什么好打的？还这么上瘾？"

老李不耐烦地说："你又不懂，怎么知道没什么好打的？"

于是，感觉受歧视的蒋晓梅就不服气地想要弄懂。

唐华再次无语了：敢情在你眼里，你老公就是天，他说什么你做什么，他一个表情、一句话就能颠覆你的人生观？

蒋晓梅也不反驳，笑嘻嘻地跟她讨教起高尔夫的问题。

第二天，唐华就带着蒋晓梅去领略高尔夫的魅力。结果，刚到场地那边，就远远地看见老李正握着一个女人的手挥杆，接着，球进洞，周围的人一阵鼓掌叫好：夫人不但人长得漂亮，球也打得漂亮啊。李总好福气！

夫人？蒋晓梅顿时就崩溃了！她这个正牌夫人还没下台，别人就这么公然地想要登堂入室了吗？一个控制不住，蒋晓梅就冲了上去，照着那"夫人"的脸就是一巴掌。

唐华没拦住，只能眼睁睁地看着蒋晓梅在大庭广众之下发了飙。

所有人都被这突如其来的变故镇住了，包括刚才还一脸自得之色的老李。那位"夫人"的反应更是夸张，捂着脸就跌到了地上，好像蒋晓梅打的不是脸，是腿。

蒋晓梅又抬起的手被老李拦住了："发什么疯？回家再说！"

蒋晓梅瞪着他，既伤心又生气，浑身都在发抖，嘴唇一个劲儿

地哆嗦，却一句话也说不出来。

在场的都是明白人，什么都不用问就知道这是一出怎样的戏码，就心照不宣地找借口离开了。

老李觉得丢了面子，尴尬加不悦，脸色很难看。蒋晓梅已经缓过劲儿来，想一鼓作气再把小三给暴揍一顿。但这次她被唐华拉住了，唐华生拉硬拽地拖着她离开了那里。

蒋晓梅一直在哭，去接乐乐的时候都是哭丧着脸。乐乐也吓坏了，一个劲地问妈妈怎么了。唐华既哄大人又哄孩子，费了好大劲才搞定她们。

一切都很俗套：蒋晓梅是专职的家庭主妇，所有的生活就是老公和孩子。老公事业有成，孩子聪明可爱，在此之前她过得很满足。可同样地，她渐渐地把自己搞成了一个"保姆"，存在感越来越弱了。不爱打扮，没有自己的交际圈，不喜欢交朋友，不爱惜自己。老李是个体面人，很注重生活的质感，怎么可能对这样的妻子满怀热情？他明示暗示了许多次，却一直没有效果。蒋晓梅的观念固执得让人无奈，她表示：我都快40了，女儿马上就要升高中了，哪有那份闲心臭美？你在外面体体面面的就是我的面子。

老李气度非凡，女儿漂亮干净，唯有她，像是他们父女俩的保姆，既老相又土气。最难得的是：蒋晓梅不以为耻、反以为荣，因为她觉得老公和女儿出彩，就是自己的荣耀。可现在呢，事实狠狠地打了她一巴掌。她自以为是的"贤惠"非但没有人领情，还落了这样的下场！

唐华语重心长地说："你啊，别太不把自己当回事了！男人的君子都是装给外人看的，回家对着老婆其实很本能。他就喜欢看好看的景，就觉得老婆漂亮带出去有面子。你看看你，唉，是老婆还是老妈？你就算对他比老妈对他还周到，他也不会因此感恩戴德对你忠诚一辈子的！老婆不比老妈。老妈再邋遢，他也打心眼里亲；老婆让他没面子，就可能被嫌弃。不过，你也不用太担心。那小三漂亮是漂亮，就是太风骚了，放在家里肯定不放心。老李也就是图个面子，肯定不会让她转正的。"

蒋晓梅面对铁一般的事实，终于接受了唐华的建议，决定做个让老公有面子、有信心的老婆。当然，自己也顺便扬眉吐气。

老李回家之前，打了好几遍草稿，准备回家应付蒋晓梅。可是，让他意外的事发生了，蒋晓梅非但没责怪他，还跟他道起了歉：今天我没控制住，让你在别人面前下不了台，是我不对。不过呢，你也确实让我很不舒服、很丢脸，咱俩就算扯平了。这件事我给你时间处理，你不看我的面子也得看乐乐的面子。当然了，我也有错，以前我太不讲究了，以后我会注意，咱们都给对方点时间，行吗？

老李顺水推舟："今天就是他们瞎起哄，当着客户的面我也不好意思说太多，你倒好，这不让我难堪吗？让你陪我去应酬，你不去，我只能找别人。本来就没什么事，你这么一闹，我还得跟人家道歉。都是朋友，以后见了面多尴尬！"

蒋晓梅差点又忍不住翻脸。刚才那番话是唐华教她的，她练了好几遍才说得那么自然，现在看到老公这么理直气壮地批评她、却不检讨自己，心里又来了气。但想起唐华告诉她：无论你老公后来说什么，你都不要有反应，什么也别说，一说你肯定会跟他吵起来，你无论如何都得憋住。所以，蒋晓梅强迫自己装聋作哑，终于成功地憋住了。

闪开，
别动我的男人

　　人敬我一尺，我敬人一丈，这是基本的礼貌。蒋晓梅给老李面子，老李也得适当地对蒋晓梅有所表示。为了证明自己的"清白"，他势必得做几件事让老婆安心。比如，回家比以前早了，需要带太太应酬的场合也征求蒋晓梅的意见，问她要不要去。

　　蒋晓梅的配合度越来越高，一改从前的大妈路线，把自己收拾得漂亮、大方、得体，跟着他出去一点也不跌范儿。当然，她还是不太说话，这确实是性格的原因，不擅交际。但没有人说出不是来，因为她会面带微笑地认真倾听别人谈话——这也是唐华教她的，你可以不会说，但不能不会听。

　　当然了，老李那位"夫人"也没有消失，只是暂时转入了地下而已。蒋晓梅对这件事很在意，每次念叨这件事的时候，唐华总会劝她："这事急不来，老李不可能轻易跟她断掉的。就算他说断了，也是骗你的。何况人家一直没承认，只是朋友，哪来断不断的问题？你得有耐性！"

　　结果，她这边还没"暴动"，那边却出了问题。老李带蒋晓梅出席了一个场合，可在此之前，他也答应了那边。因为现在情况特殊，老李不好驳老婆的面子，就让那边先少安毋躁，过了风头再说。可那边不同意，还赌气盛装到场。

　　这下有"戏"看了，老李的脸都有点儿绿了。

　　蒋晓梅当然也很生气，并且特别想发作。还好她还有点理智，在发火之前强迫自己"去下洗手间"，赶紧给唐华打电话，让她帮自己支招。

　　唐华说："她不是你老公的朋友吗？你该怎么应酬就怎么应酬，越亲切越好，别让老李受夹板气。回到家关起门来打死他也不要紧，

在外人面前一定要给老李面子。"

蒋晓梅对着镜子练了好几遍，终于让自己挂上了得体的笑容。

老李本来还有点紧张，没想到老婆居然变"懂事"了，不但没当场翻脸，还像没事人一样，一切如常。

在他没注意的时候，两个女人就赤裸裸地直面对方了。

那位"夫人"说："我年轻漂亮更有情调，带我出来应酬更有面子，有脑子的男人都会选择我。"

蒋晓梅回道："算了吧！你年轻漂亮有什么了不起？也就是能跟着出去应酬一下，除了这个，你什么也别想！男人又不会只娶一张脸，他也没你想象的那么伟大，他比你更需要安全感。就你这小模样，他能放心吗？"

这事过了没多久，老李回家气愤地说："这朋友真是没法交，太自以为是了！她以为她是谁啊？动不动就找我帮忙，我哪有那么大本事！"

蒋晓梅不傻，知道他在变相地告诉她：他已经跟那边断了。她也已经想开了：老李现在这种身份，不可能不受诱惑，他还能记得回家，她就很满足了。蒋晓梅是个很传统的女人，她不可能跟老李离婚。如果老李不跟那边断，她也没办法。但老李能拿出这样的态度，她已经觉得很有诚意了。中年女人，是没有"资格"跟老公讲条件的。价开得太高，不但占不到便宜，很可能连买卖都断送了。

延伸阅读

　　章小蕙是个很有吸引力的女人：漂亮，会打扮，会生活，跟她一起会感觉活得格外有质感。可是，这么多年过

去了，章小蕙还是没人"接收"，一个人精彩着，虽然有滋有味，却始终没有机会再披嫁衣成为人妇。

为什么呢？

原因是地球人都知道的：这位美女太能败家、太会花钱、电力太强。把她放在家里，谁能放心？

当年章小蕙嫁给了万人迷钟镇涛，男才女貌，人人羡慕。可是婚后却爆出了动手打章母的新闻，甚至传闻她给小孩几条巧克力就自己出门逛街；因为拍三级片《桃色》太过火辣大胆，女儿被同学嘲笑都不敢上学。跟钟镇涛离婚后，章小蕙又与香港富商陈曜同居。两年后，陈宣布破产，并且表示：自己有今天，全因迷恋章小蕙所致……

饭能不吃，衣服不能不买，还公然宣称自己同时拥有五个不同国籍的男朋友……章小姐非同一般的生活态度，着实超出了大众的承受能力。富豪们固然喜欢会生活、有姿色的女人，但前提是：这个女人让他们觉得足够安全。如果存在后院起火的隐忧，那不好意思，我们不是一家人、进不了一家门。

"安全感"这个东西，不仅女人需要，男人也很需要。有时候他们甚至比女人还要胆小。飞蛾扑火追求爱情的常常是女人，关键时刻缩头的反倒是男人。在感情上，男人天生比女人理智。"不清醒"的时候不是没有，但比女人要少。所以，他们会权衡、会考虑、会取舍。尤其是这种事，感觉吃亏的买卖就不会做。股市有风险，投资需谨慎，男人跟小三之间能否长远发展，也要受这条规则的制约。

30.英雄只是拿"救美"当乐子

小三语录：

　　我是个有英雄情结的女孩，从你伸手帮我的那一刻起，我就决定一辈子跟着你了。

原配豪言：

　　别以为英雄爱的是美人，他就是想要那点救美换来的成就感。说白了，你只是他的活道具，除了同情你，我没什么好说的了。

小三杀招：盲目感恩

原配拆招：戳破假象

那天，白薇接待了一个特殊的客人。

来客是一个年轻的女孩，叫安迪。看起来很文静，娇娇怯怯的，有点我见犹怜的味道。虽然长得不是特别漂亮，但身上却有一种百合般清新娴雅的气质，让人觉得很舒服。

白薇从见到她的第一眼起，就知道这个女孩有问题。不只是她眼神里掩藏不住的审视和敌意，还有她看向这个家时的"贪婪"。那感觉就像是一个入侵者、一个强盗。虽然她一直羞涩地笑着，表情、态度没有任何问题，但白薇就是凭直觉感到不对。尤其是她对上老公秦裕眼神的时候，两个人之间的诡异马上就很明显地暴露了：安

209

迪是占有中带着绝望的，老公是意外中带着害怕和气恼的。

如果说他们之间没问题，她白薇把脑袋拿下来当球踢！

那个周末本来该是温馨而惬意的，他们一家人约好了陪儿子去海底世界看鱼。衣服换好了，相机充好电了，什么都准备齐了，正准备出门时，安迪却来了。

于是，计划被打乱了。老公秦裕负责安抚儿子，白薇负责接待客人。因为客人是女客，秦裕跟她也"不熟"，当然是由女主人来招呼比较合适。

据安迪说：秦裕是她的恩人，她这次就是来看恩人的。原来，她上大学那年，相依为命的母亲得了重病，需要花费大量的钱。安迪借遍了所有的亲戚朋友，却还是差20万。走投无路之下，她就在网上发帖子，说只要有人能帮她出这20万，她愿意卖自己的初夜以及未来几年的感情，直到"债主"对她厌倦了为止。

秦裕无意中发现了这个帖子，动了恻隐之心，觉得这样的孝女不应该被当成"货物"。于是，他悄悄地到医院把钱交了，没有留下任何联系方式就走了。安迪百般打听，终于在五年后的今天找到了恩人，这才迫不及待地找上门来致谢。

"没打扰到你们吧？"安迪"歉意"地问道。

白薇笑着说："没关系，下周再去也一样。小孩子嘛，哄哄就好了，还好我们子轩比较懂事，不犯拧，一会儿就好了。"

两个女人无声地打量着对方，带着心照不宣的较量意味。

白薇当然不会全部相信安迪的说辞。她在脑子里组织了一下，得出这样一个思路：当年秦裕帮了安迪，安迪很感激，两人因此有过一些私底下的接触。一个想报恩兼屡约，一个抱着施恩莫忘报的心态礼貌地回绝，结果，接触多了，性质就变了，两个人真有了感情，从单纯的施恩者和报恩者的关系变成了男女之情。两个人应该是好了好几年了，可能秦裕迟迟不肯给人家名分，安迪等不下去了，才用这种方式来破坏加警示。

"哦，你这么一说，我倒想起来了，有点印象。我们结婚那年，他神秘兮兮地跟我说，他做了一件好事，还没留名，不图人家报答他，就希望神仙们能念他一片善心，多保佑一下我们。哦，对了，他还说那人长得跟我有点像，他看着不忍心。呵呵，我还以为他逗我玩呢，原来是真的！嗯，不过看起来，我们是有那么一点像。"白薇笑着说。

安迪脸上迅速掠过一丝很难觉察的恼怒，不过很快就掩饰住了，也笑着说："是啊，我刚才也有点愣呢！"

这边两个女人"相谈甚欢"，那边秦裕却如坐针毡，连陪儿子玩都有点儿心不在焉。安迪今天这一出，是他事先没料到的。他怎么也想不到平时温婉羞涩的安迪居然能做出找上门的事来！秦裕没那么天真，不敢心存老婆不会发现的侥幸。白薇虽不是狐狸变的，却有几分狐狸的狡猾，尤其是在这种事上，她绝对比一般人眼毒。那么，接下来他该怎么应付这两个女人的同时发功？

严格来说，秦裕不是个花心的人。到现在为止，他最爱的女人还是白薇。可他是个男人，不是圣人，没有足够的定力屡次拒绝女人的投怀送抱，而且这个女人还怀着满心的感激和仰慕。安迪曾说过一句话："我是个有英雄情结的女孩，从你伸手帮我的那一刻起，我就决定一辈子跟着你了。"这让秦裕根本无法招架。所以，在安迪第 N 次表示只想把第一次给他、要不然一辈子都不会安心的时候，

他半推半就地让一切都发生了。这个 N，虽然接近了十位数，但还是停留在个位数上。所以，不要否定"男人是用下半身思考的动物"，因为无数的事实证明：他们常常会做出一些被下半身的快感支配而冲破理智的事！

有了第一次就会有第二次、第三次，于是，他们就顺理成章地"在一起"了。这并不影响秦裕跟白薇甜蜜地结婚、幸福地生子，并且做一个好老公、好爸爸。公道地说，秦裕对安迪也不是全无感情，这个女孩的爱让他陶醉和欣喜。所以，他愿意哄她开心，让她快乐，满足她大部分的幻想。可是，也就仅止于此，他从来都没有跟白薇离婚的想法。他自知对不起安迪，也愿意尽己所能补偿她，却不会割舍他目前的家庭：他的妻子、他的儿子、他现有的平静和快乐。

可安迪却无法跟秦裕达成共识。她爱他，她想成为他名正言顺的女人，她要做他的妻子。在百般努力无果的情况下，安迪用这种方式出现了。

安迪好像很得白薇的欢心，居然被邀请留下来吃午饭。她也答应了，还兴致勃勃地说要露几手，借花献佛表表谢意。

白薇很开心："现在还有女孩子会做菜啊？我可是见过无数个理直气壮地说自己不会做菜的女孩子。不过嘛，你今天是客人，可不能劳驾你。老公，你来做吧！我想吃你做的松鼠鱼了。"

秦裕很少拒绝她的要求，这次也不例外，听话地进了厨房。

白薇拉着安迪看他们一家人的照片及她跟秦裕的结婚录像，一边看一边解释，顺便还说说当年她跟秦裕的往事。

安迪看得心里直冒酸泡，又满心的怅惘和悲凉：不管秦裕对她多么的柔情蜜意，都不曾为她做到那般地步！一个男人一辈子也许只能疯狂那么一次，可他那次的"疯狂"却不是为了她，而是全部地、毫无保留地给了别人。他最美好、最青涩、最冲动、最不安、最狂喜、最不理智的一切，都给了他的妻子。而她，只是一个倒贴上来、怎么也甩不开的女人！

一顿饭吃得百味杂陈。安迪看着白薇和秦裕之间的互动，看到他们一家人的亲密，心如刀绞。他对白薇的体贴和爱护，是"本能"的、发自内心的，很自然、很熟练。而她，在这幅美好的画面里什么都不是。

安迪走了之后，白薇让阿姨把儿子抱下去睡午觉，自己则把秦裕叫到了书房，安静地等着他开口。秦裕知道老婆已经确定了他跟安迪的关系，不敢再抵赖，一五一十地全招了。

白薇面无表情地说："我们结婚之前签的那份协议，你还记得吗？"

秦裕满是痛苦地说："你允许我出轨，但机会只有一次。一旦被你发现第二次，你就带着孩子消失，让我一辈子都见不到你们。"

白薇满意地点头："嗯，很好，能记得就好。那么，现在你的机会用完了，以后不会再有赦免权。如果你还打算有下次，就趁着现在多陪陪子轩吧！到时候你有了新人，可能不会在意我了，但你儿子你不会也忘了吧？你也知道，我这个人挺狠的，一旦决定了就不会回头，那协议真不是骗你玩的。"

秦裕满是哀恳之色，不住地发誓保证。他是单亲家庭长大的孩子，很清楚骨肉分离的痛苦。他曾经发过誓：一定不会让他的孩子受同样的苦！他会对孩子负责到底，也会对孩子的妈负责到底。所以，白薇这一招可谓是戳中了他的命门，直中他的要害。

白薇不置可否，只是淡淡地问他："把这件事情交给我处理，有问题吗?"

秦裕犹豫了一下，点头答应。

第二天，白薇就把安迪约出来了。

安迪也不意外，好像早就料到她会找到自己。

白薇先是道歉，说自家老公不该没有道德地引诱单纯的她；接着又问她有什么条件，他们夫妻俩都可以尽量满足。

安迪觉得受到了侮辱，一再强调她是真的爱秦裕，还哭着说："我爱他，他也爱我，你就不能成全我们吗?"

白薇的坏情绪第一次发泄出来了："我听说你有英雄情结，对他感激加崇拜，欣赏得不得了。对不起，我得跟你说实话。你别以为英雄爱的是美人，他就是想要那点救美换来的成就感。说白了，你只是他的活道具，除了同情你，我没什么好说的了。"

安迪走的时候很安静。她给秦裕写了一封信，很缠绵，很哀伤，也很无奈。白薇没有看，只是平静地帮秦裕关上书房的门，让他可以在一个没有人的空间里尽情发泄、表达自己的情绪。他们曾经相爱过，这是事实。不管这"爱"多么不纯粹，他们都给过对方真诚的情感。无论是秦裕，还是安迪，都有权利悲伤。

"这是我听过的最感人、最荡气回肠的故事。"楚悦满心感慨，由衷地说道。

白薇的笑容里有一丝苦涩："我只知道，那时候我愤怒地想要杀人。"

这是楚悦接触过的最特别的原配：心机与宽容并重，豁达与掠夺兼具，实在是让人难以抗拒，怪不得秦裕会被她捏在手心里。哪个老婆会给老公出轨的机会呢？谁又能像她一样，主动在老公面前斩断退路呢？很多人不明白：机会有时候反而是个束缚，而没有退路才能真正地让两个人同进同退。

延伸阅读

邦德又要回来了！

史上最风流、最帅、最有能耐的特工邦德先生，除了行侠仗义，最大的乐趣就是泡美女。尤其是那救美的过程，不能不说是荡气回肠。

可是，按照中国人的逻辑看来，这位英雄未免太不负责任了点。您睡也睡了、爱也爱了，怎么就是不把人家娶回家呢？是感情太泛滥？还是剧情需要？

我们不懂，也不需要懂，看的只是一个故事而已。而在我们中国人的武侠故事中，尽管大多是一对一式的"一相救，一相许"，但是也得承认，大侠就算有了女朋友，也不会停止救美的行为。这是他身为一个大侠必然要承担的责任，也是他生平的乐趣之一。

美人娇滴滴的感激十分具有杀伤力！谁能不爱呢？可是，"美"有很多，老婆的名额却受限制。可以多做善事、多行义举，却不可因此得罪老婆。因为救美是生活的调剂品，而老婆才是生活的必需品。拿以身相许来答谢英雄，从来就不值得提倡。因为无论是施恩的英雄，还是受恩的美女，"爱情"的产生都在那个"救"的过程中。混淆了感觉，感情就不真实，又何谈长长久久？尤其是在"英雄"

215

已经有了老婆的前提下，再拿感情来报答就是傻帽加没良心的双料无耻行为了：人家好心好意救你，你还插足当小三，破坏人家的家庭，你就是这么来报恩的吗？

31.让他"生活不能自理"

小三语录：

　　我喜欢孩子气的男人，简单、浪漫，不故作高深，我们简直就是天生一对。

原配豪言：

　　这个男人生活都不能自理，你确定你想要？带他回去过家家吗？

小三杀招： 无限包容

原配拆招： 断绝他的"依赖"

　　佳音是个母爱很"泛滥"的女人。除了把儿子照顾得无微不至，就连老公张骞也被她当成"儿子"来养：牙膏挤好放到杯子上，公文包分门别类整理得井井有条，衣服给搭配好，有时候出门急了鞋带都是她给系……

　　朋友都说："你小心给他惯坏了。"

　　佳音乐呵呵地说："惯坏了就惯坏了，反正我也习惯了。再说，惯坏了有什么不好？别的女人可就不敢打他的主意了。"

　　可是，就是这样又当媳妇又当妈的，佳音的正房宝座也险些没坐稳。她先是发现老公光天化日之下跟一个女人热吻，后又得知两

人已经好了大半年了，如今感情正渐入"佳境"。

佳音心里那个堵啊！当老婆都当到这份儿上了，简直把他当成天王老子伺候，他还不满足！他到底想要个什么样的？

在这事上，秦襄还真不方便帮张骞说话。虽然张骞是她的表弟，一直对她这个表姐很尊重，可这是"大是大非"的问题，她得主持公道。

"好了，别哭了，哭也没用！唉，真是家门不幸，我们家怎么净出这种事呢？你姐夫，张骞，有样学样，不学点儿好事！"

佳音这才平静下来，像看救世主一样地看着秦襄，仿佛自己所有的希望都寄托在她身上了。

"男人吧，有时候跟小孩一样，不识好歹。你对他好，他没感觉；可你只要对他有一点点不好，他就不舒坦了，并且会想方设法再争取从前的待遇。"

佳音还是有点糊涂："他现在外面都有人了，那边肯定也对他很好，我万一对他不好了，不是正好便宜了外面的狐狸精吗？"

秦襄笑笑："那倒不见得！你想想，如果你儿子的脏衣服不是你来洗，而是他自己洗，他肯定不会像现在这么皮，天天蹭一身脏东西回来。你呢，把张骞伺候得太舒服了，他什么都不用自己操心，就觉得现有的一切都理所应当，不知道离了你会有什么后果。你现在就让他看看后果，他会好好掂量一下的！还有，我再说一遍，你别不当回事——你对他实在是太纵容了，什么都可以原谅，他做了什么事你都给他收拾烂摊子，比他妈还像妈。你说说，他能不欺负你吗？他自小就窝里横！"

佳音琢磨了一下，反正事已至此，她闹也闹过了，求也求过了，张骞一直不肯松口，就索性死马当活马医吧！万一有用呢？

张骞回家的时候，立马就感觉到气氛不对：没人接包了，没人挂衣服递拖鞋了，没人嘘寒问暖了，就连他不高兴地大声抱怨也听不到回音。更过分的是，老婆已经带着儿子吃上了，饭桌上全是儿子爱吃的菜，没有一道菜是他喜欢的！儿子吃得津津有味，老婆吃得眉开眼笑，就只有他，看着这一桌子甜甜酸酸的菜没有一点儿胃口。

张骞不乐意了，摔盘子敲碗，嘟囔声越来越大，最后就变成了恶狠狠的公然指责："你这做的什么东西？是给人吃的吗？甜兮兮的，怎么吃？还让不让人过了？上一天班，累得半死，连顿饱饭都吃不上！"

佳音眼皮都没抬，阴阳怪气地说："你儿子爱吃，你儿子不是人吗？想吃自己去做，要不就去找你心尖上的人做，老娘不伺候！"

张骞火了。结婚这么多年来，佳音可从来没这样对过他，就连大声说话的时候都没有！这是怎么回事？反了天了？一怒之下，碗一推，拂袖而去。

儿子害怕了，担心地问佳音："爸爸生气了吗？"

佳音又换回了慈母的面孔，笑眯眯地说："没事，他闹着玩呢，宝宝多吃饭，多吃才长个儿……"

张骞愤愤地躺在床上跟佳音治气。如果是以前，只要他一闹脾气，佳音就会过来哄，好吃好喝好话好待遇，这次倒好，他等了很久都不见佳音过来。张骞又饿又怒，火更大了，跑出去一看，佳音正陪着儿子看动画片。那个温柔哟，那个耐心哟，让他气不打一处来。

219

佳音虽然装得漠不关心，其实一直在留意着张骞的动静。看他忍不住跑出来，心里一喜：看来真管用！一有了底气，她腰杆更直了，简直当张骞这个人不存在。

张骞虽然生气，但还是顾及到儿子，没当着他的面吵，拖起佳音就进了卧室："你今天犯病了吗？非得这么折磨我？你说，你有什么不满的？"张骞暴跳如雷，在外人面前的风度荡然无存。

佳音甩开他，指着他的鼻子说："你不是外面有情人吗？又漂亮又有品位，时尚女性，独立干练，你找她去啊！我告诉你，从今天开始，你该找谁找谁，别再把我当老妈子使唤！逼急了我就带着儿子出去住！以后各过各的，井水不犯河水！"

佳音说完就走，不带走一片云彩。张骞傻住了，好半天都没反应过来。他还不死心，一次又一次地招惹佳音，却始终得不到"回应"。晚上睡觉的时候，佳音说陪儿子睡，连床都没给他铺，直接抱着被子走人了。

张骞到现在连饭都没吃上，肚子里空空的，心里面全是火，想发作又没有"机会"，因为佳音正专心地给儿子讲故事。好吧，忍了，不跟女人一般见识。他到厨房里翻翻找找，却没有找到任何想吃的东西。没办法，比较了一下之后，他就着热水啃了一包方便面。

佳音也心疼啊！可是，一想到外面那个"狐狸精"，想到张骞的可恶之处，她就一遍又一遍地告诫自己不要心软，不能心软。现在一低头可就前功尽弃了，而且他还会得寸进尺。

这是张骞有记忆以来最"混乱"的一个晚上：没有饭吃，老婆把他当空气，洗澡找不着沐浴露，洗完了又发现没有浴巾，这次真急了：总不能光着身子出去吧？他喊佳音，让她送浴巾过来，佳音

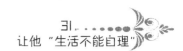

却躺在床上悠然自得地看书，愣是没起身。

从那天开始，佳音对张骞一天比一天"冷落"，渐渐到了什么都不管的地步。张骞慌了，觉得哪里都不对劲儿。变相地吸引佳音注意，被忽视；冷着脸道歉，被批判没诚意。张骞简直要抓狂了：这个女人到底怎么回事？跟他扛上了吗？

其实，佳音这段时间一直在调查那个"狐狸精"的来历。经过多方调查，她大致了解了一些信息：那个女人叫牡丹，是出了名的"交际花"。目前离异，没有孩子。

有一次，佳音耐不住好奇，跟踪了牡丹一次，没想到却被她发现了。于是，这原配和小三就有了第一次正式的会面。

佳音得承认，牡丹确实很有女人味。如果她是个男的，恐怕也会被吸引住。可现在双方各有各的立场，不能心软，不能认输。

牡丹优雅地浅笑："你跟踪我，是找我有事吗？"

佳音开门见山地说："想看看老公的'三儿'什么模样。"

牡丹丝毫不以为意，笑得更灿烂了："马上就不是'三儿'了，有人好像马上要下堂了哦！"

佳音气得想掀桌子，她一边瞪着牡丹，一边在考虑要不要掀：反正这狐狸精回去也不会说什么好话，干脆就出出气，羞辱她一顿吧！

于是，佳音就豪迈地把桌子掀了，并且对前来询问的服务员说："一会儿这位小姐一起埋单，你们盯紧了她，别让她跑了。"

牡丹的脸色有些变了，不如刚才镇定，看向佳音的时候带上了股狠劲儿。

佳音凑过去问她："你喜欢他什么？"

牡丹挑衅地说："我喜欢孩子气的男人，简单、浪漫，不故作高深，我们简直就是天生一对。"

佳音又气又好笑："这个男人生活都不能自理，你确定你想要？带他回去过家家吗？"

牡丹回答："对啊，为什么不？你以为我过不起吗？"

这场谈话进行到最后，谁都不愉快，最后不欢而散。当然，也不可能愉快了。

佳音越想越没底，就给秦襄打电话，说了事情的来龙去脉，让她给出个主意。秦襄安抚她："没事，别担心，继续晾着。那女人我也打听过了，十指不沾阳春水的一个主儿，张骞被你宠坏了，挑着呢！就算她真把张骞带走了，用不了几天就得给你送回来！张骞那么多毛病，一般人还真伺候不了！"

果然，张骞被牡丹一挑唆，又想起多日被佳音冷落的新仇旧恨，终于"忍无可忍"了，简单地收拾行李准备离家出走了。一边收拾，还一边弄出很大的动静，仿佛有天大的怨气。佳音却不以为意，一边看电视，一边嗑瓜子，走的时候还说："把门带好！"

于是，张骞就投奔了牡丹，过起他们想象中甜蜜的二人世界。

虽然同样是女人，可还是有区别的。牡丹会恋爱，佳音会持家。张骞跟牡丹谈情可以，过日子可就受罪了。牡丹什么也不会做，别说做饭洗衣服这样的"粗活儿"，就连归置家这样的轻快活儿都懒得做。所以，她家里有保姆，却没有"人气"，让张骞觉得凉飕飕的。

从一个被人伺候的大老爷变成了被断奶的孩子，张骞的心理落差真不是一般的大。他试图跟牡丹沟通，可牡丹却娇滴滴地说："亲爱的，我怎么可能去做这样的事？你舍得吗？"

张骞很想点头说"舍得"，但他最终还是忍了，因为他现在寄人篱下，没有资格谈条件。

两人过了一段时间之后，张骞终于受不了了，提着简单的行李离开了牡丹的家，顺便也谈妥了分手事宜。这段同居生活已经充分证明：他们不适合对方。牡丹做不了张骞想要的妈妈式的贤妻良母，张骞变不成牡丹梦想中成熟体贴、像超人一样可以解决所有问题的男子汉。既然达不成共识，与其天天吵架，不如和平分手。

张骞发现自己无家可归了。他从没有像现在这样想佳音、想儿子，可当初是自己要走的，还发狠说永远都不回去，现在厚着脸皮回去，岂不是很没面子？

他想来想去，想出了一个两全之计：他跑到了表姐家，又是唉声叹气又是忏悔，还装可怜，说自己现在才发现没了佳音还真不行。除了她，再也没有人能那么无怨无悔地对他。

秦襄心里暗暗好笑，等他表演完了、哀求过了，才"勉为其难"地给佳音打了个电话，要她"看在表姐的面上再给他一次机会"。

于是，佳音"不情愿"地带着儿子把张骞接回去了。自此以后，张骞和佳音这两口子的感情就发生了很微妙的变化：张骞依然很依赖佳音，却不敢再"欺负"她，反而多了一分畏惧；佳音依然对张骞照顾得无微不至，却不再那么无限度地忍耐，反倒常甩脸子给他看。

秦襄笑着给表弟"争取"权益："不用这么狠吧？"

佳音眉飞色舞："就得像亲妈一样照顾、像后妈一样狠毒，谁让他生活不能自理，离了我不行？"

延伸阅读

陈红老了、不好看了，现在每次出现都是一副心宽体胖的师奶模样。反倒是陈导，在她的打点下越来越有味道。有人遗憾了：貂蝉真的已经成了一个传说！

可对当事人来说，这不是重点，重点是这个曾经名动天下的美女，如今只是沉醉在"陈太太"的角色里，把自己修炼成了一个志得意满又幸福的女人。不再是圈子里的一线名演员又怎样？她是站在大导演陈凯歌身边的女人。

别管当年她是怎么上位的，如今他们夫妻俩可是出了名的和谐恩爱。夫唱妇随，羡煞旁人。在一次电视专访中，陈凯歌谈及陈红时说："我觉得陈红在我的生活中有非常重要的作用。我为此非常非常感谢她，而且现在已经成为一种习惯了。当我准备做一件事情的时候，我总是习惯性地问她的意见。我有一点是钦佩陈红的，她给了我一种很安定的感觉，这是别的女人所不能代替的。"

听到了吧？不能代替。被一个男人认为"不能代替"，肯定不是因为她在专业上有多少造诣，而是身为一个妻子，她在这个角色里做到了极致。

"惯坏"一个男人，是拥有他的方法之一。在他习惯了你的好待遇之后，就无法忍受别人的差待遇。你得庆幸男人是有脾气的：此处不留爷，自有留爷处。正因为如此，他才愿意窝在你的怀里，跟你过一世太平的好日子。

32.好老婆走下堂，坏老婆走四方

小三语录：

　　我妈妈一直跟我说，女人一生最伟大的事业就是嫁一个好男人。我以后会做个好老婆，绝对不让你后悔。

原配豪言：

　　你妈妈是骗你的，好老婆一般都没有好结果。

小三杀招：做小女人，让男人怜惜

原配拆招：做坏女人，让男人向往

　　不知道别人撞破老公的"奸情"是什么反应，祁月没有参照，无从对比。可以确定的是，自己这反应绝对不像"正常人"。相比老公和小三的狼狈不堪，她实在是平静得过分。

　　事发地点是老公的办公室，当事人有三个，一男两女。祁月坐在老公的老板椅上，老公和小三则坐在她斜对面的沙发上。

　　祁月今天出现在这里，其实不是有意为之。临近下班的时候，老公打电话告诉她，说他晚上要加班，要她一个人回家乖乖地吃饭。祁月心血来潮，动了当一回"贤妻"的心思，就兴冲冲地去金鼎轩买了一堆吃的，想去陪老公吃晚饭。因为打算给他一个惊喜，就事

225

先没有通知，直接杀到了办公室。

结果呢？她看到老公正在一位温柔的女子的陪伴下温馨地吃着丰盛的晚餐。而且，这丰盛的晚餐貌似还是这位女子亲手做的。两人一看到祁月进来，像烫着了一样飞速地弹开了。注意：在此之前，他们几乎是头靠着头、肩挨着肩，总之就是超出了正常友谊的距离。

祁月愣了一下，压根儿没想到"被惊喜"的原来是自己。这出乎意料的好戏顿时让她没了胃口，很有把手里的东西狠狠摔到那对"狗男女"身上的冲动。但祁月毕竟不是一般人，她可是出了名的不按常理出牌。所以，她只是面无表情地关好门，然后淡定地坐下，再用那种让人发毛的眼神来回打量着他们。只是看，就是不说话。

最终还是宁辰憋不住了，不自在地问道："你不是约了去做SPA吗？"

祁月把视线从小三身上收回来，回头对着自家老公微微一笑说："我这不是想来给你送爱心晚餐嘛！你看，被别人抢了先，你都吃饱了是吧？"

宁辰支支吾吾地说："她顺路经过，上来看看。"

祁月点头："嗯，打扰你们了。"

看得出来，小三走的是楚楚可怜型路线，时不时拿眼神瞟一下宁辰，似乎想从他那里寻找勇气和力量。宁辰也自顾不暇，没空逞英雄。他虽然知道自家老婆不好对付，现在却也吃不准她到底想怎么样。两人热恋的时候，谈起将来可能发生的出轨事件，祁月笑嘻嘻地说："如果你跟别的女的好了，我应该不会马上跟你提分手，好歹得先找个人出轨试试，在公平的基础上一拍两散才合适。"

宁辰相信她绝对能干得出来，只是不知道她能"出格"到什么程度。现在被她抓了个正着，无论从哪里看都不可能有好果子吃。

宁辰不由暗暗叫苦。他身边这位姑娘叫韩雅，是她自己"倒贴"过来的。最初两人是因为工作认识的，后来又陆续接触过几次，慢慢地就"好"上了。在他面前，韩雅一直表现得乖巧可人，完全就是以他为天。她常说一句话："我妈妈一直跟我说，女人一生最伟大的事业就是嫁一个好男人。我以后会做个好老婆，绝对不让你后悔。"

人毕竟没那么伟大，尤其是男人。在诱惑面前能保持理智的人不多，遭遇加强版软攻击的时候，缴械投降更是早晚的事。所以，宁辰坚持了一段时间之后就半推半就了。在韩雅这里，宁辰体验到了跟祁月完全不一样的感觉。她属于传说中那种"娇滴滴"的柔弱小美人，轻而易举就能让人产生无限的保护欲和怜惜。但两人确实也没"好"多长时间，正黏糊的时候就被祁月给撞上了。

祁月不是不生气，任何一个女人遇到这种情况都会伤心。不同的是：有人表现出来了，有人装得若无其事。她正属于后者。而且，她向来信奉一种哲学：出现问题的第一反应应该是想办法解决问题，而不是抱怨问题的出现。那么，现在她能做的只是反击，而不是愤怒。

三个人各怀心思，气氛很是古怪。没法热络，又不想撒泼，就这样僵住了。最后还是祁月拍拍手站起来，狠狠地甩了宁辰一巴掌，然后居高临下地对明显已经傻掉的两个人说："真是可惜了了，我没有打女人的习惯，老公，你就委屈一下，替她受了吧！没打过小三的老婆不是好老婆，这是我的哲学。另外，你，给我滚，别再让我看见你。要不然，看见一次打你一次。反正我也没指望着跟爬墙

外遇的男人过一辈子，出口气是必须的。"

从那天起，宁辰的苦日子就来了。他道歉、解释都没有用。祁月只是爱答不理地说："哦，是吗？我现在没兴趣了。"

他不是不知道祁月强大的交际能力和折腾劲儿。因此，在有"犯罪前科"的前提下，他真的不敢期待"不乖"的老婆会给他面子。她说："你已经丧失了要求忠诚的权利，我要公平。"好吧，他只能心惊肉跳地实行紧迫盯人政策。

祁月属于那种只要想让人围着她转就必然会有一批"粉丝"的人。现在正赶上老公"出轨"的好机会，借题一发挥，很快就成了众星捧月的女王。宁辰那个恨啊！哪个男人能愉快地看着老婆被别的男人眼睛发亮地盯着？他试图阻止，都被祁月给挡回去了：对不起，你找小三的时候我没干涉，现在也请你不要干涉我正常的社交行为。更过分的是：祁月现在都不让他碰了。只要他一抗议，祁月就"惊奇"地问他："你不觉得混乱吗？你总得对一个女人保持适度的忠诚吧？你这个样子你女朋友会不高兴的，我也很困扰！"

听听，这是一个当老婆的说出来的话吗？可宁辰真拿她没办法，只能再次拿出当年过五关、斩六将的魄力"重新"追求她。祁月却像是玩上了瘾，根本看不到他的积极表现。不但常常把他"扔"在家里不管，还频繁地参加各种聚会，笑靥如花地周旋在各色男人中间。以前为了配合宁辰的小嫉妒，祁月一般不走"性感"路线。现在她不再那么顾忌了，心情一好就秀秀性感。宁辰整颗心像被醋泡过了一样，酸得要命。

没过多久，宁辰就慌了，跟祁月告饶："媳妇儿，我真的错了。你给个话，到底要我怎么着才行？"

祁月一本正经地说："我真的对白头到老没什么情结。你不想跟我过了，我没意见。你看，我现在不是过得挺好吗？我就是不喜欢被人莫名其妙地欺负了。"

"是，我知道，是我不好，让你伤心了……"

祁月打断他，冷冷地说："你误会了，我没那么多时间伤心。我再跟你说一遍，忠诚这种东西只有相互发生才有意义。你无权要求我单方面履行，而你自己却不守约。你离了我能过，我离了你也不是不行。你想好好地跟我过下去，就干干净净的，至少别让我看见。没本事做得天衣无缝就给我老实点儿！"

宁辰真的老实了，可小三却还是不死心。她还想像以前那样用强大的攻势拿下宁辰，动作比以前更猛烈了。有一次宁辰下班的时候，又被她给"堵"上了，小三哭得梨花带雨，甚是可怜。其实，小三看上宁辰，不全是因为他有点钱，主要是觉得他符合她的要求，错过了太可惜，这才放下女孩的矜持，一次又一次地"倒贴"。

宁辰本来就对她没有多少深的感情，现在被祁月一收拾，确实是没那份心思了。想到祁月好不容易答应了跟他一起去看电影，如果再被搅黄了，下次点头不知是猴年马月呢，不由就焦躁起来。

正纠缠间，祁月突然就出现了，吓得宁辰出了一身冷汗，心想这下完了，这姑奶奶指不定又得出什么招整我呢！可是，这次他又想错了。祁月根本就没搭理他，直接跟小三过起了招："这位小姐，你说你年纪轻轻的，做什么不好，怎么就对别人的男人这么感兴趣呢？是你接受的教育有问题，还是受了什么不良影响呢？我听说，你妈妈跟你说，女人一辈子最伟大的事业就是嫁个好男人？所以你立志当个好老婆？妹妹，算了吧！你妈妈是骗你的，好老婆一般都

没有好结果。你看，你这不就是在钻我的空子吗？将来你也有这一天的时候，就知道什么滋味了！我最后再劝你一次，以后离这个男人远点。我收拾完了他，可就有心情对付你了，你想试试吗？"

后来，祁月大发慈悲和宁辰和好了之后，宁辰曾半开玩笑地问她："你真的一点儿都不担心我跟别的女人跑了？"

祁月勾着他的脖子坏笑着说："担心啊，我怕我受不了，所以就先适应适应没你的生活了。是你想不开啊，非得跟我这个坏女人纠缠。"

老婆无所谓好坏，能降得住老公的就是好老婆。贤妻良母式的小三固然让人无限怜惜，可善于"兴风作浪"的坏老婆却更让人向往。不坏，就不爱，无关男女，是人类的通病，要刺激、要挑战、要患得患失、要捉摸不透。所以，万人称羡的好老婆有时候要被迫下堂，而让人又爱又恨的坏老婆却能光彩照人地走遍四方。

延伸阅读

在电视剧《血色浪漫》中，刘烨跟几个女人的感情很有意思。

孙俪扮演的周晓白很喜欢刘烨扮演的钟跃民，可钟跃民却一辈子对"抛弃"他的秦岭念念不忘。而这个在钟跃民心里犹如女神一样的秦岭，却是别人的小三，不是主流价值观中值得推崇的好女人。这有什么关系呢？桀骜不驯的钟跃民就是喜欢她、迷恋她。

秦岭的魅力在哪里呢？也许就在她那股子跟好女人很不一样的"坏"。

　　为了生活和前途，她背叛了爱情，给别人当了小三；同样又为了爱情，她放弃了跟爱人相守的机会，以自己为筹码换取爱人的自由。在爱与背叛间，她做得彻底而酣畅，不迟疑、不后悔。正是这种"狠心冷血"的姿态让她更加闪闪发光，所以，女人恨她，男人爱她。

　　可话又说回来，男人为什么就迷恋这样的坏女人呢？你可以说他们犯贱，也可以说这些女人聪明。在他们被好女人的种种美德惯坏了之后，就会认为很多事情和待遇都是理所当然。比如，忠诚、信赖、忍让、委曲求全。可事实是：这些都不是男人的专利。

　　你自私，我比你更自私；你冷血，我比你更冷血；你花心，我比你更花心。我们是平等的，我很珍惜我自己，你廉价的爱永远不及我的尊严宝贵。当这些坏女人肆意地传达出这些信息时，男人们就惊了、慌了、兴奋了，他们渴望征服的天性会驱使他们做出积极的反应和动作。于是，一场以爱为名的游戏开始了。

　　赢家光荣，输了的人也不跌范儿。谈的是情，说的是爱，能纠缠在一起就是互利共赢。

33. "老男人"最爱的还是房子票子

孙娜一身驼色皮草，手上挎着 LV 的包包出现在祁月等人面前。

她礼貌地打过招呼之后，掏出一包烟征求地看着她们说："不介意吧？没办法，戒了好多年了，最近心烦，又抽上了。"

祁月耸耸肩，表示不在意。

孙娜一边喷云吐雾，一边讲她的故事。

"这事也没发生多久，反正我是两个月前才发现的。他们俩什么时候好上的，我还没问，也不想问，恶心！"

"我去法国待了一段时间，照顾儿子，回来的时候没通知他，本来是想给他一个惊喜。没想到，他倒先让我'惊喜'上了。"

"偷人偷到家里去了，真是越老越有色胆。"

"我这人脾气不好，一看那女人还穿着我的睡衣，火就噌噌地往上冒，抬手就给了她两巴掌。姓杨的上来拦，也被我打了。要不是那女的跪着求我，走的时候就得光着身子出去，衣服都让我给剪了。"

孙娜看起来是个爽快人，没多余的废话，噼里啪啦竹筒倒豆子一样，把所有的事都"交代"了。

祁月听得津津有味，兴奋地说："现在呢？现在是什么情况？"

楚悦打趣她："你是来听八卦的吗？"

孙娜倒不以为意："没事，我挺喜欢她这种性格的。"

杨其琛被老婆"揍"了之后，原来的心虚也都消失得干干净净，跟孙娜大吵了一架之后就摔门而去。从那天起，他已经足足有两个月没回家了。

唐华问道："那个小三，你知道她是什么样的人吗？"

"知道，不把她摸透了能行吗？他们俩是出去吃饭的时候认识的，叫于束雅。刚毕业的学生，学跳舞的。小模样很标致，这就不用说了，要不然老杨也不会这么着迷。不过，关键是会撒娇、温柔，柔得能滴出水来！老杨不是她第一个'男朋友'，之前傍的也是有钱的老男人，说是有恋父情结，喜欢成熟稳重、事业有成的男士。我呸！直接说喜欢钱算了，就没长人心眼！真不知道她父母怎么教的……"

综合各种信息，几个女人得出一个结论：于束雅跟老杨好，不图人不图感情，钱才是第一位的。

"那就好办了！"秦襄冷笑着说："你就来个釜底抽薪。你老公没钱没地位了，她肯定就会爱上别的成熟稳重、事业有成的男士！"

还有一点要交代一下：老杨是白手起家的，孙娜跟着他没少吃苦。在他最难的时候，她都没有离开他，可谓是患难夫妻。如今苦尽甘来了，他却找别人来享受胜利果实！

科技进步了，社会文明了，生活中应用高科技的"空间"也空前扩大，就连捉奸反小三这种事都得仰仗它们。

半个月后，孙娜收到了一个光盘，里面有三个文件夹：照片、视频、音频。

孙娜不想看视频给自己找不痛快，就先听了几段音频。

"小雅啊，你说你住哪里不好？非得住我们家对面？啊？"

"我想天天看着你嘛！你不在我身边的时候，我只有这点儿乐趣了。"

"你啊，就是嘴巴甜，来，我尝尝……"

……

"你天天在我这里住着，你老婆也不找你啊？真够狠心的！你不过来的时候，我就觉得时间过得特别慢，做什么事都没劲！"

"我这不是在嘛！"

"……你那边的事什么时候才能处理好？"

"……我需要时间。小雅，她是我的结发妻子，跟着我吃了不少苦。虽然脾气不好，对我是真没得说，我开不了口啊！"

"算了，一说这个你就烦！不招你烦了！反正我只要能天天看到你，就心满意足了！好了好了，别郁闷了，晚上我给你做你最喜欢的牛排，好不好？"

……

孙娜听得直冒火，差点把电脑都给砸了。自己前半生吃苦受累，难道就是要给这个小三打天下吗？想坐收渔利，没那么便宜的事！

手里有了这些证据，就可以去找老杨谈谈了。

不需要看完全部，老杨就知道这是什么东西了！他气急败坏地指着孙娜说："这是犯法的你知道吗？你凭什么……"

孙娜一拍桌子站了起来："凭我还没下堂、还是你老婆！犯法？亏你说得出来！谁先犯法的？我告诉你，杨其琛，我现在告你重婚，你就得关进去！"

两个月后，孙娜订了一个包间，请楚悦几个人吃饭。一看她的表情，她们就知道她成功了。

"老杨可能真是老了，没有以前的魄力了，"孙娜感慨道，语气里有点失落和难言的怅惘，"如果是以前，按他的脾气，绝对不会让我给拿住了。唉，老了，扑腾不动了……"

那天，孙娜主动提出了离婚，条件就是要老杨净身出户。因为他出轨在先，并且已经在事实上构成了重婚罪。老杨恼羞成怒，不肯答应，还说要找朋友想办法，一定不让她得逞。

孙娜一阵冷笑："你哪个朋友我不认识？你倒是跟我说说，你能找到一个帮着你来对付我的朋友吗？难道你那位于小姐已经给你找好了合适的人选？"

这一架吵完之后，老杨也没心情去找于束雅了，气哼哼地去找几个朋友喝酒。朋友们都知道他跟孙娜的事，没少劝过。现在一听闹成这样了，又纷纷劝他：

"玩归玩，别太当真了，那种女的有的是，孙姐这样宜室宜家的可不多见啊！老杨，别的不说，孙姐对你够有情有义吧？"

"你还真以为你有多大魅力啊？要不是兜里银子多点，人家年纪

轻轻的，能看上你？"

"她跟你之前，也倒过几回手了，出了名的能装纯、会撒娇。嗐，这种女人玩玩就罢了。"

"孙姐当年陪你遭了多少罪，你都不记得了？远的不说，SARS的时候，她可是陪着你在鬼门关转过的！"

······

被狂轰滥炸了一顿之后，老杨更加头大了：要离婚的是她好不好？说的好像我多十恶不赦似的。

朋友们连骂带劝，老杨的火气消了不少，又想起以前的许多事，心软了，也愧疚了，就顺着台阶下了。这几个朋友也算仗义，好事做到底，拖着他把他送回了家。又劝了孙娜半天，夫妻俩终于和好了。

老杨半是发作半是辩解：我什么时候说过要跟你离婚？你连打带骂的，我一个大男人，总是有自尊心的吧？这不是话赶话吗？都在气头上，你不也说得不中听吗？

既然两人已经达成了共识，于束雅就必须得"解决"。

某个阳光明媚的下午，孙娜敲响了于束雅家的门。

一看是她，于束雅哆嗦了一下，小鹿一样无辜的眼睛湿漉漉地看着她，满腹委屈的样子。

孙娜打量了一下这房子，半晌才慢悠悠地说："这房子，你不能再住下去了，我给你两个星期的时间搬走。我相信你不缺钱，老杨没少给你吧？"

于束雅低着头一直哭，抽抽搭搭地说："他已经不年轻了，没有力气折腾了，我就想陪他安静地过完后半生，你不能成全我们吗？"

236

孙娜听着烦，就干脆甩给她一份文件："行了，别嚷了，我跟老杨已经离了。不过，你也别高兴得太早，他所有的钱都给我了，跟你没什么关系了。"

于束雅猛地抬起头来，难以置信地看着她，接着又迟疑地拿过文件看了一眼，越看脸色越难看。

爱情很美好，现实很俗气。老杨虽然早有心理准备，知道于束雅"爱"的不是他这个人。但真相曝光在眼前的时候，还是觉得很受伤。这个甜蜜可心的小情人越来越冷淡了，找各种借口跟他发脾气，跟别的男人约会。于是，两人就自然而然地正式分手了。

后来于束雅无意中知道了真相，居然还去找孙娜理论。

孙娜哈哈大笑："骗你怎么了？你不是上当了吗？我没逼他跟你分手啊！是他自己觉得不划算。唉，怎么说呢？他觉得你不值得他净身出户跟我离婚！"

延伸阅读

周慧敏和倪震这婚结得很有意思。

在倪震偷腥的事实大白于天下之后，他们先是马上分手，后又高调复合结婚，让一众看客们瞠目结舌。

一个叫张茆的年轻姑娘也成了此事的"受益者"，她因此事而闻名天下。倪震出轨不是第一次，比这更过分的还有。但这般轰动的还不太多见。有人说，周慧敏为了留住倪震，大方分出半亿身家，这才有了这段"莫名其妙"的婚姻。

坊间传言：倪震的酒吧经营不善，面临着资金短缺的

危机。显而易见，年轻貌美的张茆是帮不了他的，而周慧敏可以。倪哥不是款爷，思来想去，如果他放弃周慧敏而娶小三，除了让众人唾弃之外，生活也只能是越来越囧。他对周慧敏的感情自是不容置疑，但是现实的问题更是让他坚定了自己的选择。

OK，我们不要没有根据地八卦别人。20年如一日貌美如花的周姐姐是成年人，有能力有定力，完全可以为自己的选择负责。

最近，张茆在微博里回忆前尘往事，说周慧敏这个"老女人"只是霸占了倪震的身体，又说她如何地想念对方。如果她是在炒作，那么，这种消费自己的行为未免有点儿低俗。如果她是真心实意地想念倪震，那就显得可悲了。即便她说的是事实，倪震还是心甘情愿地被套住。她只是一个艳遇的对象，而她嘴里的"老女人"才是可以作为妻子的人。

"老男人"的爱情很脆弱，总是不如年轻时的"纯爱"坚挺。不能怪他世俗，因为他已经沧桑过了。

34.所有的妾都想被扶正

　　这算是秦襄她们"处理"过的耗时最长、抗战最久的案例。前前后后一共耗了两年，耗得原配差点都快熬不下去了。

　　若云曾经是许多男人的梦中情人：她知书达理、秀外慧中，由内而外散发出一种华贵气质。当年孟宇追她的时候，没少费力气，可以说是过关斩将、力挫群雄，才得到了她的芳心。

　　再值钱的宝贝看久了也不稀奇了。在最初的新鲜感和柔情蜜意过去之后，孟宇变心了。刚生完孩子没多久，若云就发现了他的反常："突然紧张手机了，走到哪儿都得带着，恨不得洗澡的时候都得挂脖子上……后来就是常常心不在焉，跟他说话也听不见……前

两天趁他不注意，我偷偷看了他的手机，倒是没什么痕迹，但我去查了他的电话单子，有一个号码经常出现，最频繁的时候一天有30多次。我打过去，是个女人接的。我装作打错了，跟她聊了几句，她很警觉，没说几句话就挂了……这段时间，孟宇一直在旁敲侧击，问我怎么突然想起去查他的话费单子。我说我去查我自己的，顺便查了他的。他不是很相信，一直在偷偷地观察我……"

若云一直挂在睫毛上的眼泪终于一滴滴地落了下来，把面前的桌子都打湿了。

这次轮到祁月递纸巾。她沉默着，肃穆地递纸巾、拍肩膀，一气呵成。

唐华每次看到她这副样子都想笑，但还是要装作感同身受的样子认真地听下去。她们是来帮忙的，不是来添堵的。

若云一边道谢，一边低头把眼泪擦干净。平稳一下情绪，她又接着说下去："我不是傻子，他没有问题就怪了。我想了很久，怎么也忍不下去了，就去找了那个女人……她狂得很，一点儿都不觉得不好意思，看我的感觉就像在看一个乞丐。呵呵，如果我面前摆着一只空碗，她肯定会往里面放钱。"

"这位小姐，明人不说暗话，我就开门见山了。我希望你以后不要再找孟宇了，他是个有家的男人。"若云直奔主题。

"为什么？至于吗？我又不是想拆散你的家庭，我们就这么各过各的，互相不影响不行吗？"

若云没想到她居然是这种路数。既意外，又愤怒，但她不能发火。一旦这么做了，不就遂了对方的心意吗？她平静地说："你还是不要抱侥幸心理。他只是图一时新鲜，不会跟你有什么结果的。

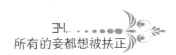

你年轻漂亮，又不是找不到男人，为什么非得跟一个已婚男人纠缠呢？”

“对不起，我还约了孟宇去看午夜场电影，今晚你不用等他了。”杜晴站起来，轻蔑地看了若云一眼，扭头昂首阔步地走了。

刚走了两步，又转过身来说：“哦，对了！我不会跟他说我们见面的事，你想说的话，请便！”

若云也听过不少小三的“英雄事迹”，还真没见识过如此大度、大胆、理直气壮的小三。

“难道社会真的变到我们不认识的地步了吗？抢别人的老公，居然还能弄得像是她在施舍我！”

祁月冷哼一声，干脆地说：“说不要名分都是场面话，人家这是放长线、钓大鱼呢！真让她当一辈子的妾试试！你们家孟宇是青年才俊，模样标致、收入不菲，她才不会傻得放过呢！”

秦襄清清嗓子说：“这也没什么。她不是号称愿意当一辈子的妾吗？那行啊，你也大方点，别太难为人家。反正你有家有名分有孩子，受法律保护，真耗下去，她肯定比你吃亏！”

若云还是不明白。

秦襄接着说道：“如果她后路没了，知道转正是不可能的，你再看看，她还会不会像现在这么淡定。”

其实，孟宇出轨，若云也不是一点责任都没有。怀孕生孩子这段时间，她所有的心思都放在孩子身上了，对孟宇难免疏忽。有时候他想跟她聊会儿天，她都没有心思。而且，他连抱怨都不可以，说多了若云还嫌烦。有专家说过：生孩子这段时间是敏感期，一个不注意，丈夫就有可能出轨。若云以前还没太在意，现在看来确实

是很科学的。

所以，若云的第一步就是把对孩子的注意力转移到孟宇身上一部分。

一天晚上，孟宇回到家的时候已经将近凌晨两点了。进门之后，发现屋里还亮着灯。若云坐在沙发上打盹，看起来像是在等他。

孟宇心里一热，轻轻地走过去抱起她。刚一动，若云就醒了，睡眼蒙眬，娇憨地说："回来了？"声音软软的、迷迷糊糊的，人也不是很清醒，好像就是本能地这么一问。正是这种"本能"，无数次地让孟宇迷醉不已。他曾对若云说过："在这个世界上，能有一个人即使在不清醒的情况下，也能本能地需要你、寻找你、依赖你，那你就是最幸福的人了。我很高兴我是。"

孟宇已经很久没有看到妻子这种表情了。心里一动，就抱紧了她，语气也柔和了起来："怎么不先睡呢？这样容易感冒啊！"

要不就说男人喜欢女人小鸟依人呢？看到她纯粹地、全然地、崇拜地依赖着你的时候，那种满足感真的无法用语言形容。有人喜欢，就有人利用。若云利用了男人的这个天性，以及两个人之间曾经深厚的感情，在他最愧疚、最心软的时候，成功地骗他签了一份保证书：一辈子忠于她一个人，只有她一个妻子，无论发生了什么都不会离婚。如果"违约"，他就得把现有的一切都无条件地"送给"若云。

这份保证书，是具备法律效力的。

若云拿到它的时候，一点儿都没有成就感。她的丈夫出轨了，她不敢吱声，还得"出卖"姿色和情感去为自己换取这样一份可笑的保障！她只觉得可悲、可怜。

反正已经见过一次了，双方也都默契地保持了沉默，再见面、再谈判，也没什么大不了的。

若云和杜晴再次见面时，比之前有底了，虽然心里凉凉的，却还是要把自己伪装成斗士。杜晴看过这份保证书之后，脸色很难看，但还是不肯服输，说这份东西很好笑，跟她没什么关系。她只是想跟孟宇在一起，不图别的，你搞得这么郑重，不觉得可笑吗？

若云的笑容跟杜晴当时的笑容如出一辙："你敢发誓你一辈子都不想被扶正吗？不想当将军的士兵不是好士兵，不想被扶正的小三不是好小三。你既然这么不称职，还是趁早下岗吧！"

话虽如此，孟宇还是跟杜晴纠缠了两年。若云心里清楚，却还是要装作毫不知情的样子，费尽心机地"讨好"他、争取他，孩子、工作、家庭、有二心的丈夫，像一根根蘸过盐水的绳子，狠狠地缠到她身上、勒到肉里，火辣辣地疼。有好几次她都想要放弃了，可一想到孩子、一想到那个男人曾经给过她的幸福，她就又忍了下来。他走得远了，不是因为不爱了，只是别处的风景牵引了他的视线，等他看够了、看烦了、看累了，就会回来的。因为还爱他、还想做他的妻子，她就只好这样等着。

确定杜晴离开了这座城市的时候，若云大哭了一场。她们曾经爱过同一个男人，可是到最后，只能有一个人留下来。这种战争注定是残酷的，没有中间地带，不是你走、就是我走。

延伸阅读

最近吴绮莉带着"小龙女"频繁公开露面，上封面、做访谈，热闹非常。借着这股"势头"，那段往事再次被拿出

来评头论足。

吴绮莉出现的时候，成龙还没有公开自己的恋情。两人结识之后，曾经有过一段难忘的日子。成龙在加拿大拍戏，吴绮莉就跑到加拿大度假；成龙白天拍片，晚上则到酒店与她相会。后来吴绮莉有了身孕，成龙当然不能让她把孩子生下来。吴绮莉不同意，单方面宣布怀孕，并且孩子是成龙的。

这件事情被媒体炒得沸沸扬扬，成龙的太太自然也没有不知道的道理，但她却表现出了常人所不能及的冷静和宽容。默默奉献了10年的林凤娇，面对成龙的不忠，依然用博大的胸怀包容了他，这让成龙惭愧不已。

结果大家都已经知道了。

当年的吴绮莉，或许是真的爱成龙。她用孤注一掷的方法企图"逼"成龙就范，没想到，魔高一尺、道高一丈，她最终没能斗过隐忍大度的林凤娇。而且，直到现在，成龙的说法都是他恨那个女人算计他。

想扶正，是所有"妾"的本能，这无可厚非。可如果碰上一个棋逢对手的原配，真的耗下去是很吃亏的。你想要的男人是她孩子的父亲，双方实力本来就不均衡。再加上失了天时地利人和，想翻身是基本上没可能了。

35.糟蹋钱可以，别糟蹋婚姻

小三语录：

我只想要一份等了很久的爱情，就我跟你，简单地爱、简单地生活，真的，我别无所求。

原配豪言：

爱情和婚姻是神圣的。你糟蹋钱可以，行行好，别糟蹋婚姻了。

小三杀招：以情感人

原配拆招：严防死守

"我和张扬大学一毕业就结婚了。前脚领毕业证，后脚领结婚证。没办法，都怀孕了。我们等得及，怕孩子等不及，不赶着办了，肚子大了穿婚纱就不好看了……他们家条件不好，他上学的钱都是借的。我在家娇生惯养惯了，我父母怕我过不了穷日子，开始的时候怎么也不同意。可我死活要跟他，我爸妈拿我没办法，只能同意了……我们结婚的房子、车，都是我父母出的，还出钱让他在开发区开了个装修公司。我不求他念我的好，别对不起我，我就满足了。结果呢，他倒是真大方，直接把一套三居的房子给那个女人住！这算什么……你不知道他们两人多肉麻，还写情书呢！那小贱人说：

'我只想要一份等了很久的爱情，就我跟你，简单地爱、简单地生活，真的，我别无所求。'哎哟，酸得我牙疼！她别无所求的话，要我的房子干什么？"

"出力不讨好，倒贴男人倒贴成这种下场，我真是贱到家了！"萌萌气急之下，恨不得抽自己两嘴巴泄恨。

祈月却唯恐天下不乱似的撺掇她："要不离了算了！这种男人还要来做什么？！"

萌萌瞪大了眼，惊奇地看着她，好半天才说："我要是离的话，就不需要来找你了吧？你，你到底能不能帮我？"

祁月撩撩头发，风情万种地说："那不就得了？你若不想离，最重要的是想办法把他拉回来，不是像祥林嫂一样无休止地唠叨他如何忘恩负义。你看看表，我们俩坐了两个小时了，你用来抱怨他的时间就有 1 小时 45 分钟。"

萌萌一愣，也回过神来了，伸手狠狠地抹掉眼泪，梗着脖子说："我就不信了，我要才有才、要色有色的，还拼不过一个小保姆！"

张扬可能太迷老虎伍兹了，连爱好都追随上了：保姆控。居然一个没把持住，跟自己家的保姆好上了。小保姆辞职的时候，萌萌压根就没想到这里面有猫腻，还以为她真的要回老家相亲嫁人。结果呢，人家从这个门里出去，闪身就进了另一个门，而且身份也变了——是女主人，不是小保姆。更讽刺的是：张扬大方"送"出去的那套房子，产权还在萌萌手上！

用老婆的钱养小三，张扬胆子也够肥的。可能觉得天衣无缝，也可能觉得萌萌太信任他了，居然随口就答应把房子给小保姆，却"忘"了在这事上，他说了根本不算！

萌萌本来是想把因失恋来疗情伤的朋友安置到这所房子里。结果一开门，就发现小保姆正躺在沙发上美滋滋地做面膜。她顿时就傻了，以为自己走错了门。可不对啊，钥匙没错，门开了呀！还是她那个朋友机灵，立马就反应过来了。附到她耳边一说，萌萌就反应过来了：敢情这是老公的金屋藏娇之处啊！而且这"娇"不是别人，正是他们家从前的小保姆！

小保姆先是被吓了一跳，一看清楚来人，反倒平静下来了，礼貌地让她们坐，完全一副主人的架势。萌萌哪受过这个？脾气一上来，什么都不管不顾了。包一扔，两手插到腰上，指着门口的方向让小保姆滚蛋。小保姆能干吗？这里现在可是她的"家"啊！

于是，这房子里的三个女人就打作一团：萌萌和朋友一起揍小保姆。出手又准又狠，真把小保姆给打惨了。两个同样受了情伤的女人，面对这活生生站在眼前又趾高气扬的小三，能手下留情吗？

张扬听说出了事，都不敢露面，托一个哥儿们去了一趟，自己躲在公司里当缩头乌龟。

祁月向来不走温和派路线，出的招都是狠辣范儿的："这小保姆跟着你老公，能有多少感情不好说，但肯定是图他的东西了。你老公呢，估计也没安什么好心，就是想长期地睡她。别的法子不好使，就得强行拆散。"

第二天，萌萌就拉上一个高中同学，假公济私了一次，坐着警车去了小保姆家。

小保姆的父母都是老实人，一看警车在自家门口停下了，脸都吓黄了，战战兢兢地看着他们，连话都不敢说。

萌萌被皮草、墨镜、马靴这样的"大姐大"行头衬着，一看就

不好惹。她亲切地请二老坐下，先自报家门，又客气地说明了来意。二老一听女儿的"东家"找上门来算账，既羞愧又害怕，不停地道歉保证，说一定在最短的时间内把女儿叫回来，不让她再兴风作浪。

谈完了之后，萌萌就回去了。一到家，又把老公召了回来，向他详细通报了自己刚才的去向及谈判结果，并且要张扬赶快把房子收回来，要不然，她就直接找物业把小保姆轰出去。

张扬不敢不答应。可能真是觉得对不起萌萌，也可能是急于要安抚她，因此，他先是循环着道歉，后来又急切地表白，说他只是一时被小保姆迷住了，没有真感情，他心里只有萌萌一个人，他的爱情、婚姻只允许萌萌一个人主导。

萌萌仰天大笑，讽刺地说："爱情和婚姻是神圣的。你糟蹋钱可以，行行好，别糟蹋婚姻了。"

小保姆凄凄惨惨地回老家了。父母像看犯人一样看着她，生怕她再跑出去惹事。刚开始的时候，小保姆还不死心，觉得自己目前这种处境只是暂时的，张扬一定会想办法把她"救"出去的。可是，一个月过去了、两个月过去了、三个月也过去了，小保姆在这种自我安慰中渐渐失去了耐心。她平静地接受了命运，相亲、谈婚论嫁，把自己的一生交付给一个粗糙的、没有任何感情基础的男人。这就是她的命运。

事情虽然解决了，萌萌却一直跟张扬冷战，不太理他。就在这期间，张扬的公司出了点事。

张扬的公司最近正往别的行业扩张，因此，资金就紧张了一些。偏偏在这个节骨眼上，他们负责的一个大工程出现了质量问题。对方不依不饶，不但要解约，还要求退款。态度强硬，看起来没有回

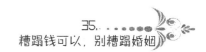
转的余地。

怎么办？哪边都不舍得放弃。张扬急得像热锅上的蚂蚁，一点办法都没有。如果是以前，他还能找岳父母帮忙。现在自己偷小保姆的事一曝光，岳父母看到他就像仇人一样，恨不得把他塞回娘胎里重新回炉。他自知有愧，怎么也开不了口。

萌萌知道后想了很久，还是去求父母帮忙解决。父亲恨铁不成钢，气呼呼地说："他那样对你，你还向着他？"

萌萌哭着说："还能怎么样？我又不能看着不管！他倒霉了，我有什么好处？"

父亲再一次投降了。

张扬一听说又是岳父出面帮自己摆平的，真心实意地忏悔了。他去找岳父母道谢并且道歉，甚至还发了毒誓。

人这一辈子，很多事情都是在走过场。张扬对不起萌萌，岳父母再生气也拿他没办法，不可能真的收拾他一顿出气解恨。因为他还是女婿，还是女儿的心头宝。所以，他们也只能在口头上教训他一顿。接下来，生活还得继续，还得不遗余力地帮他，还得承担他可能再次出轨的风险。

延伸阅读

维多利亚又怀孕了。两人一直想要个女儿，不知道这次能不能得偿所愿。

从他们结婚的那天起，就不停地有人预言他们会离婚：贝克汉姆太帅，维多利亚太丑；贝克汉姆太花，维多利亚又缺少迷住他的魅力……

　　各种新闻不间断地曝出来。一会儿说维多利亚脾气不好，对着小贝和佣人大吼大叫；一会儿又说小贝对别的女人表现出了非同一般的兴趣，两人的感情岌岌可危；一会儿又揪着辣妹的穿着打扮和身材不放，质疑她作为贝克汉姆妻子的资格……

　　传闻铺天盖地，两人的婚姻还在维持着。终于，一个大事件爆发了：小贝跟他漂亮的女助理激情地搞到了床上。

　　地球人都知道了。大家都在盯着辣妹的反应：是离还是忍？

　　没离，他们一家还是没分开。而且，辣妹还进军时尚界，混得有声有色。看戏看了好多年的人们终于疲了：人家两口子过日子，关我们屁事？离了，咱也分割不到财产；不离，也不会造成我们人生的震荡。各过各的，不是挺好吗？

　　也许在各种好奇或恶意的揣测之外，维多利亚和贝克汉姆都怀着无论如何过一辈子的心愿。在这个前提下，有些事情就不是绝对无法容忍的：我们已经被糟蹋了名声，就不要再来糟蹋我们的婚姻了，这是我们的底线。